诗
想
者

H I P O E M

生 活 ， 还 有 诗

百年百篇
新诗解读

Bai Nian Bai Pian Xinshi Jiedu

叶橹 著

GUANGXI NORMAL UNIVERSITY PRESS
广西师范大学出版社
·桂林·

策 划 人/ 刘　春
责任编辑/ 郭　静
助理编辑/ 吴福顺
责任技编/ 王增元
装帧设计/ 桂　裴

图书在版编目（CIP）数据

百年百篇新诗解读 / 叶橹著. —桂林：广西师范大学出版社，2022.1
（诗想者 · 读经典）
ISBN 978-7-5598-4350-0

Ⅰ. ①百… Ⅱ. ①叶… Ⅲ. ①诗歌评论－中国－当代－文集 Ⅳ. ①I207.22-53

中国版本图书馆 CIP 数据核字（2021）第 207661 号

广西师范大学出版社出版发行
（广西桂林市五里店路 9 号　邮政编码：541004
网址：http://www.bbtpress.com）
出版人：黄轩庄
全国新华书店经销
广西广大印务有限责任公司印刷
（桂林市临桂区秧塘工业园西城大道北侧广西师范大学出版社集团有限公司创意产业园内　邮政编码：541199）
开本：890 mm × 1 240 mm　1/32
印张：9.5　　字数：210 千
2022 年 1 月第 1 版　　2022 年 1 月第 1 次印刷
定价：76.00 元

缘　起

经典作品总是常读常新，其魅力不会因为时间的流逝而削弱。阅读经典，不仅能拓宽我们的知识面、开阔视野、增强思想的深度，更重要的是，经典作品能够延展我们生命的维度和情感的纵深，让我们度过一个更有意义的人生。因此，任何一种经典，都值得我们穷尽一生去阅读，去领会，去思索。

作为“诗想者”品牌重要组成部分的“读经典”书系，以对文学艺术领域的经典作品、代表性人物的感受和介绍为主。所选作者，多为具有突出的创作成就的作家，他们对经典作品的感悟、解读、生发、指谬，对人物的颂扬与批评，对“伪经典”的批判，均秉承“绘天才精神肖像，传大师旷世之音”的宗旨。在行文造句中，力求简洁、随和、朴实，不佶屈聱牙、凌空蹈虚。

做书不易，“诗想者”坚持只出版具有独特性与高品质的文学图书，更是充满孤独与艰辛，但对文学的这一份热爱，值得我们不断努力。“读经典”书系既是对古今中外杰出作家与作品的致敬，也是对真诚而亲切的读者的回报，同时，我们也期望通过这一系列图书，为建设书香社会尽绵薄之力。

广西师范大学出版社

2018 年 9 月

目录

001 梦与诗 / 胡适

003 教我如何不想她 / 刘半农

006 天上的街市 / 郭沫若

008 纸　船 / 冰心

010 弃　妇 / 李金发

013 死　水 / 闻一多

016 再别康桥 / 徐志摩

019 别丢掉 / 林徽因

022 从一片泛滥无形的水里 / 冯至

025 狼之独步 / 纪弦

027 预　言 / 何其芳

031 我爱这土地 / 艾青

033 手推车 / 艾青

036 老　马 / 臧克家
038 寻梦者 / 戴望舒
041 祈　求 / 蔡其矫
044 错　误 / 郑愁予
046 埋葬了的爱情 / 苏金伞
049 悼念一棵枫树 / 牛汉
054 老妓女 / 唐祈
057 悬崖边的树 / 曾卓
059 金黄的稻束 / 郑敏
061 山和海 / 陈敬容
064 月亮从大漠滚上来 / 灰娃
067 航 / 辛笛
070 断　章 / 卞之琳
072 白玉苦瓜 / 余光中
075 冬（之一） / 穆旦
078 智慧之歌 / 穆旦
081 红玉米 / 痖弦
085 如歌的行板 / 痖弦
088 边界望乡 / 洛夫
091 因为风的缘故 / 洛夫
094 在孩子们中间 / 李瑛
097 断　线 / 屠岸
100 向往大海 / 王辽生

103 飞翔的鸽子 / 沈泽宜
105 秋 / 杜运燮
108 蝶恋花 / 忆明珠
111 乡色酒 / 舒兰
113 你曾经是我的舞伴 / 林希
116 苹果树下 / 闻捷
119 上海夜歌（一） / 公刘
121 沉默的芭蕉 / 邵燕祥
124 风景：涉水者 / 昌耀
127 紫金冠 / 昌耀
129 相信未来 / 食指
132 回　答 / 北岛
135 阳光中的向日葵 / 芒克
138 致太阳 / 多多
141 神　奇 / 严力
143 我想拂去花朵的伤痕 / 林莽
145 法王寺，与古柏 / 马新朝
148 回头是岸 / 子川
151 远方的船只 / 张洪波
153 自画像 / 韩作荣
156 看不见的波动 / 吉狄马加
159 我看见转世的桃花五种 / 陈超
163 中国，我的钥匙丢了 / 梁小斌

167　在昌平的孤独 / 海子

170　我是一个任性的孩子 / 顾城

176　河　流 / 于坚

179　在哈尔盖仰望星空 / 西川

182　玻璃工厂 / 欧阳江河

187　有关大雁塔 / 韩东

190　帕斯捷尔纳克 / 王家新

194　旷野美学 / 余怒

196　神女峰 / 舒婷

199　变老的时候 / 李琦

202　柠檬黄了 / 傅天琳

206　独　白 / 翟永明

209　镜子的魔术 / 伊蕾

212　喜鹊只沿着河岸飞 / 王小妮

215　人把自己搞得是越来越复杂了 / 荣荣

218　回　答 / 代薇

220　大海无穷尽的跳荡…… / 西渡

222　被词语找到的人 / 张执浩

225　此刻不是任何时候 / 莫非

228　熄　灭 / 潘洗尘

230　丝　缕 / 朱朱

233　杀狗的过程 / 雷平阳

236　以冬夜为现场 / 臧棣

239 裂 隙 / 胡弦
241 宠 物 / 张作梗
244 丹青见 / 陈先发
246 诗有时是小麦有时不是 / 沈浩波
249 夜行记 / 毛子
251 夜 气 / 黄礼孩
254 傍 晚 / 李少君
256 我想和你虚度时光 / 李元胜
259 神仙 直在边上发笑 / 汤养宗
261 小心火烛 / 布兰臣
264 江心洲 / 路也
267 重 量 / 郑小琼
270 空麦秆里的秋天 / 娜夜
273 河 流 / 杜涯
276 像杜拉斯一样生活 / 安琪
278 黑暗中的舞者 / 周瓒
284 寻找一间打铁铺 / 池凌云
287 我养的狗，叫小巫 / 余秀华

290 后 记

梦与诗

胡　适

都是平常经验，

都是平常影象[①]，

偶然涌到梦中来，

变幻出多少新奇花样！

都是平常情感，

都是平常言语，

偶然碰着个诗人，

变幻出多少新奇诗句！

醉过方知酒浓，

爱过方知情重：——

① 编者按：此处引胡适原诗，现行规范汉字应为“影像”。本书所引时人诗文皆保留原文，个别字词、标点未按现行规范修改，不再另行说明。

你不能做我的诗，

正如我不能做你的梦！

作为倡导新诗的鼻祖，胡适的诗写得一般，但他的理性智慧使得他对诗的认知和理解有着独到的深刻。这首《梦与诗》在某种程度上可以说是他的宣言，体现了他对诗的深刻把握。

从“都是平常经验”到“变幻出多少新奇花样”，用极朴实的话说出了诗性的真诚和升华。在新诗的初创期，说理是很多诗人惯用的方法。胡适也是在说理，不过他从“平常”中看到了“新奇”，最后得出一个结论：“你不能做我的诗，/正如我不能做你的梦”。就凭这两句诗，胡适便不愧为诗歌真正的知音。

据说有人建议他把“醉过”和“爱过”中的“过”改为“里”，他风趣地回答，“你醉里何知酒浓，你爱里何知情重”，可见他在字斟句酌上也是颇有见识的。就是这首短短十二句的诗，从中可见出胡适的见识非同一般。

要知道，把诗同梦相联系，在当时可算是大胆的联想。因为许多人从诗以致用的观点出发，会非常看重它的实用性和现实性。可是诗其实是很少有实用价值的，它真同做梦差不多。时至今日，我们不还是经常把写诗称作“做白日梦”吗？

真理是朴素的，胡适深悉个中玄机。

教我如何不想她

刘半农

天上飘着些微云，
地上吹着些微风。
啊！
微风吹动了我头发，
教我如何不想她？

月光恋爱着海洋，
海洋恋爱着月光。
啊！
这般蜜也似的银夜，
教我如何不想她？

水面落花慢慢流，
水底鱼儿慢慢游。
啊！

燕子你说些什么话？
教我如何不想她？

枯树在冷风里摇，
野火在暮色中烧。
啊！
西天还有些儿残霞，
教我如何不想她？

“五四”初期的白话诗，像刘半农这首《教我如何不想她》这样成为经典的作品，可谓是凤毛麟角。诚然，它得以流行如此广泛，是同赵元任为之谱曲分不开的。

欣赏此诗的人，首先自然是从爱情诗的角度来进入它的。“她”这个字的发明，就是为了区分性别的，所以刘半农诗中的“她”，就让人很自然地认定诗是献给女性的了。这样来进入和解读此诗是没有问题的，甚至还可以认定，刘半农的潜意识中就是有某个“她”的存在。但是在诗的内涵的表达上，似乎更多的让人联想到这个“她”不是一个具体的人，而是指向更为博大的家国情怀。

依照我们对诗的“触景生情”的理解，诗的前两节，因为有“头发”“恋爱”“蜜也似的银夜”这样一些词语和短句的出现，它们同爱情很容易联系在一起，所以容易引导人们进入爱情的诗境。可是在后面两节诗中，“水面”“水底”“枯树”“野火”的具象中，读者会逐渐地被引导到一种更广阔的诗境中。这时候的“她”，显然被赋予了更为丰富的内涵。

这就是诗人在这首诗的内在结构中有层次地由浅入深的艺术表现方式。

特别应该指出的是，在“五四”初期那种“话怎么说诗就怎么写”的影响下，大量的语言冗沓、缺乏诗性的诗出现，刘半农的这首诗与之相比较，显出了“立见高下”的意味。

旧体诗中的“赋比兴”的表现方式，在刘半农这首诗中可谓兼而有之，因此人们在读到它时极易产生思想感情和审美趣味的共鸣。这也是它很快被认同和经典化的重要原因。

从触景生情到情景交融，这短短的四节诗把读者引入诗美的至境。它产生至今已一百多年，一百多年来一直被人吟诵歌唱，“五四”以来的诗人，很少有人享受到如此的荣誉。刘半农的《教我如何不想她》是不是有点像唐诗中的《春江花月夜》？

天上的街市

郭沫若

远远的街灯明了，
好像闪着无数的明星。
天上的明星现了，
好像点着无数的街灯。

我想那缥缈的空中，
定然有美丽的街市。
街市上陈列的一些物品，
定然是世上没有的珍奇。

你看，那浅浅的天河，
定然是不甚宽广。
那隔着河的牛郎织女，
定能够骑着牛儿来往。

我想他们此刻，

定然在天街闲游。

不信，请看那朵流星，

是他们提着灯笼在走。

在新诗的提倡和实践方面，胡适和郭沫若的影响可谓无人可及，但是他们两人写的诗都不是上乘之作。不过在创作的影响力上，郭沫若却是远超胡适的。郭沫若的狂飙式的感情发泄在当年却是极具煽动性的。

《天上的街市》在郭沫若的诗中，属于较为冷静的凝思之诗。从“明星”同“街灯”的互喻中，郭沫若想到了人间和天上，而天上的物品，“定然是世上没有的珍奇”。如果是到此为止，这种互喻也只能算是拙劣的。郭沫若在进一步的凝思中，联想到了牛郎织女隔河相望的典故，从而使这首诗的静态通向了动态。这或许是此诗成为其代表作的原因之一。

诗人有关牛郎织女的幻想，构成了他此诗的动感之余，也让人联想到人间的一些烟火气。郭沫若身上存在的浪漫气息，从字里行间流露出来，也是他当年产生巨大影响的重要原因。

有句话叫作“诗贵含蓄”，郭沫若的诗缺少的就是含蓄，尽管他在新诗的历史发展过程中的地位不容忽视，但终究好诗甚少，正如这样一句调侃的话所说：郭老郭老，诗多好的少。

纸　船
——寄母亲

冰　心

我从不肯妄弃了一张纸，
　总是留着——留着，
叠成一只一只很小的船儿，
　从舟上抛下在海里。

有的被天风吹卷到舟中的窗里，
　有的被海浪打湿，沾在船头上。
我仍是不灰心的每天的叠着，
　总希望有一只能流到我要他到的地方去。

母亲，倘若你梦中看见一只很小的白船儿，
　不要惊讶他无端入梦。
这是你至爱的女儿含着泪叠的，
　万水千山，求他载着她的爱和悲哀归去。

冰心以对母爱和童心的表现而获得在新诗史上的地位。

这首《纸船》，极其充分地表现了她作为女性和女儿的心态。作为女性，诗中的行为细节——叠纸船，是别具特色和意味的；作为女儿，她把对母亲的感情寄托和期望满满地承载于纸船之上。

从诗的表现方式而言，这种托物寄情的套路未必非常新鲜，但是因为它把这种方式置于一个特殊的环境之中，便赋予了这只“纸船”以颇具艺术内涵的分量。

首先，诗人是在航海的旅途中，把叠成的纸船“从舟上抛下在海里”，这种行为具有一定程度的荒谬性。一只纸船抛下海里，能有什么结果呢？但是因为它被作者赋予了感情的分量，所以它就具有了存在价值。

其次，诗人明明知道，她每次抛下的纸船有的被风吹走，有的被浪打湿，但是仍然不灰心地每天叠着，“总希望有一只能流到我要他到的地方去”。其实她知道，这种希望也只是幻想。

最后，既然这种希望不能实现，她又寄望于母亲能在“梦中看见一只很小的白船儿，／不要惊讶他无端入梦”，而是要知道女儿的一番苦心，“求他载着她的爱和悲哀归去”。这就是一个女儿的至爱至诚的心境。

弃妇

李金发

长发披遍我两眼之前，
遂隔断了一切羞恶之疾视，
与鲜血之急流，枯骨之沉睡。
黑夜与蚊虫联步徐来，
越此短墙之角，
狂呼在我清白之耳后，
如荒野狂风怒号：
战栗了无数游牧。

靠一根草儿，与上帝之灵往返在空谷里。
我的哀戚惟游蜂之脑能深印着；
或与山泉长泻在悬崖，
然后随红叶而俱去。

弃妇之隐忧堆积在动作上，

夕阳之火不能把时间之烦闷
化成灰烬，从烟突里飞去，
长染在游鸦之羽，
将同栖止于海啸之石上，
静听舟子之歌。
衰老的裙裾发出哀吟，
徜徉在丘墓之侧，
永无热泪，
点滴在草地，
为世界之装饰。

李金发被称为中国现代诗象征主义的最早的代表人物。《弃妇》既是他的处女作，也可以说是他的代表作。

“弃妇”是一个充满歧视与侮辱性的词语，李金发从她的身上看到的悲剧，其实是寄托着自身命运的象征。或者说，是对不被重视乃至充斥歧视的知识分子的命运的喟叹和抗争。

这首诗之所以受到关注，同它在语言表现方式上的独特性密切相关。从“长发披遍我两眼之前，／遂隔断了一切羞恶之疾视，／与鲜血之急流，枯骨之沉睡”所展现的描述开始，一步步地把读者引入一种对“弃妇”命运的凝视，所有的片段场景，出乎意外的语言表达手段，都是同“五四”初期的新诗语言方式大相径庭的。一方面是“弃妇”的切身感受，另一方面是第三者从旁观的角度作出的陈述。就“弃妇”的身份而言，心理层次的感同身受是具体而真实的，而从旁观者的陈述中，又可见出社会角度的不平的愤懑。这也正是此诗能够让“弃妇”的身份上升成一种社会现实象征的奥秘所在。

长期的封建社会对妇女的歧视，使“弃妇”成为一种习惯性的存在，而李金发却在这种见怪不怪的现象中，发现和发掘出具有更深刻的社会现实意义的象征，不能不承认他作为诗人所具有的敏锐感悟。这也是他之所以能够在中国新诗发展史上成为一个无法回避的存在的重要原因。

死　水

闻一多

这是一沟绝望的死水，
清风吹不起半点漪沦。
不如多扔些破铜烂铁，
爽性泼你的剩菜残羹。

也许铜的要绿成翡翠，
铁罐上锈出几瓣桃花；
再让油腻织一层罗绮，
霉菌给他蒸出些云霞。

让死水酵成一沟绿酒，
飘满了珍珠似的白沫；
小珠们笑声变成大珠，
又被偷酒的花蚊咬破。

那么一沟绝望的死水，
也就夸得上几分鲜明。
如果青蛙耐不住寂寞，
又算死水叫出了歌声。

这是一沟绝望的死水，
这里断不是美的所在，
不如让给丑恶来开垦，
看他造出个什么世界。

《死水》可以说是闻一多对新诗诗体的一次实验。它的成就无人可及，但它的出现也似乎隐约地证明，要想把新诗重新拉回到严格的格律体，是一种不切实际的幻想。《死水》之后，闻一多再也没有写出如此符合其“三美”主张的诗。

应当承认，《死水》的确是一首不可多得的好诗。闻一多写它，可能是想证明一下，他的“三美”主张是可以实现的。当他呕心沥血地写出了这样一首经典的示范之作以后，可能会彻悟，这样的严格的格律体，他自己也未必能够一以贯之地实行下去。此后的闻一多仍然写了不少好诗，但不是《死水》的体式了。

这正是闻一多的清醒和伟大之处。一种主张，连自己也无法贯彻下去，何以能要求别人认真实行呢？作为新诗中无可争议的杰作，《死水》的意义也许在于，它一方面启示新诗的写作者应该注重对诗艺的珍惜和遵示，而另一方面也似乎暗示、提醒后继者们，不可以定于一尊和走向模式。

作为对《死水》的一种艺术评价，它的最重要的成就，还是因为在象征的意义上，呈现了特殊年代中的环境氛围和诗人的立体感受。如果没有那种对社会现实的沉痛感，没有一种绝望中的期望，闻一多也写不出如此震撼人心的诗篇。

再别康桥

徐志摩

轻轻的我走了，
　正如我轻轻的来；
我轻轻的招手，
　作别西天的云彩。

那河畔的金柳，
　是夕阳中的新娘；
波光里的艳影，
　在我的心头荡漾。

软泥上的青荇，
　油油的在水底招摇：
在康河的柔波里，
　我甘心做一条水草！

那榆荫下的一潭，
　不是清泉，是天上虹
揉碎在浮藻间，
　沉淀着彩虹似的梦。

寻梦？撑一支长篙，
　向青草更青处漫溯，
满载一船星辉，
　在星辉斑斓里放歌。

但我不能放歌，
　悄悄是别离的笙箫；
夏虫也为我沉默，
　沉默是今晚的康桥！

悄悄的我走了，
　正如我悄悄的来；
我挥一挥衣袖，
　不带走一片云彩。

在徐志摩众多的诗篇中，《再别康桥》是读者口碑甚佳者。原因不外乎几点：

首先，这是一首体现了诗人的生活态度和精神状态的诗。“轻轻的”和“悄悄的”两个状语形容词，带给读者的是作为存在者的自我认知。它带给人一种平静悠然的存在方式。而人，正是在这种状态中处于诗性的自觉感受，并因此而产生满足和自得的心理释放。所以一读到这种诗句，便同诗人产生了心理上的共鸣。

其次，诗的景色描述让人获得精神上的愉悦感。日常生活中的人们，往往对习以为常的自然景观会麻木无感，而徐志摩抓住了这别离的瞬间，实现了在诸如“西天的云彩”“河畔的金柳”“软泥上的青荇”等具象中，融入了自我的独特感受，在情景交融中表现了依依惜别的心情。特定的时间，特定的感受，构成了与读者内心无障碍的交流。

再次，不仅是情景的交融，而且还存在着感情的跌宕起伏。在那样一种情景交融之中，诗人内心自然会产生歌唱的欲望，可是却突然一转，“但我不能放歌”，因为这别离已经是无声的“笙箫”了。“沉默是今晚的康桥”，真是此时无声胜有声啊！

最后要说的，全诗所要实现的就是一种“轻轻的”和“悄悄的”的行为和姿态，所以“我挥一挥衣袖，/不带走一片云彩”，就不仅是今晚的行为，而构成了一种人生姿态的象征了。

别丢掉

林徽因

别丢掉
这一把过往的热情，
现在流水似的，
轻轻
在幽冷的山泉底，
在黑夜，在松林，
叹息似的渺茫，
你仍要保存着那真！
一样是月明，
一样是隔山灯火，
满天的星，
只使人不见，
梦似的挂起，
你问黑夜要回
那一句话——你仍得相信

山谷中留着

有那回音！

林徽因的才女身份，使她在建筑界和诗歌界中均具声名。从感情方式上说，她似乎更像一个诗人。

《别丢掉》以独特的表现方式，显示了她的感情世界的丰富和细腻。隐秘的衷情决定了她除了一句“别丢掉 / 这一把过往的热情”是直白的表露，其余的诗句绝大多数都属于寄托的曲言隐语。我们不知道那些“山泉”“黑夜”“松林”，究竟是一种泛指还是有具体的场景的。但是在“你仍要保存着那真”的提示下，又似乎是存在着某种真实场景的可能。重要的也许不在于这种场景是否存在过，而是表现了诗人的情怀中，具有对情的永恒性的寄托和追求。既然她把情同一些永恒的事物联系在一起，而且是那些容易引发人们诗性联想的事物，就证明了她的感情方式的诗性品质。

顺理成章地，在“月明”“隔山灯火”“满天的星”中，人们就获得了更为广阔而博大的心灵体验。可是诗人又好像在关切着这一切的私密性，她在叮咛：“只使人不见，/ 梦似的挂起”。隐秘的衷曲中包含着些许的无奈。唯其如此，诗性的美质尤为得到呈现。

林徽因以其出众的姿色和才华而引众多才子倾心，身处其境的她，自然是有许多隐衷和无奈的。《别丢掉》一诗，不仅突显了她的个性，更具现了她作为诗人的丰富复杂的内心世界。她是一个小小的奇迹。

从一片泛滥无形的水里

冯　至

从一片泛滥无形的水里，
取水人取来椭圆的一瓶，
这点水就得到一个定形；
看，在秋风里飘扬的风旗，

它把住些把不住的事体，
让远方的光、远方的黑夜
和些远方的草木的荣谢，
还有个奔向远方的心意，

都保留一些在这面旗上。
我们空空听过一夜风声，
空看了一天的草黄叶红，

向何处安排我们的思、想？

但愿这些诗像一面风旗

把住一些把不住的事体。

这是冯至的《十四行诗》中的第二十七首。他是引入“商籁体”的代表性诗人。这首诗的内涵意味深邃。第一节，从“取水人”使水“得到一个定形”，到对“把不住的事体”的联想，最后一句是“在秋风里飘扬的风旗”，第三节则回应“都保留一些在这面旗上”。而第二节最后一句是“还有个奔向远方的心意”，第四节的第一句则是“向何处安排我们的思、想”，就是回应“心意”的。

这种“十四行”是典型的意大利彼特拉克体，体式为ABBA，ACCA，DEE，DAA，后两节的韵也可作别的变化。前两节均四行，分别是诗的前奏，后两节均三行，则是对前两节的回应。第三节回应第一节，第四节回应第二节。商籁体还有一种是莎士比亚体，又叫伊丽莎白体，体式则为ABAB，CDCD，EFEF，GG。这样严格的格律形式，不仅有韵脚的要求，还有内容上的互相呼应，冯至作为引领者，他在写作上自然要严格遵循。可是后来的许多跟随者，只知道“十四行”的外在形式，根本不了解还有韵律与内容的严格要求。后来连“商籁体”的形式也不管了，只要是“十四行”就敢粉墨登场了。什么叫“东施效颦”，这该是最典型的作为了。

由此而联想到一些“老干体”对绝句和律诗的糟蹋，如出一辙。

不妨仔细地读一下冯至这首真正意义上的“商籁体”，也好纠正一些诗体上的胡乱模仿。

诗还是以自由为好，徒具形式的模仿是写不出好诗的。

狼之独步

纪　弦

我乃旷野里独来独往的一匹狼。
不是先知，没有半个字的叹息。
而恒以数声凄厉已极之长嗥
摇撼彼空无一物之天地，
使天地战栗如同发了疟疾，
并刮起凉风飒飒的，飒飒飒飒的：
这就是一种过瘾。

在中国的现代诗中，纪弦此诗，可谓是稀罕见的奇特之作。

“我乃旷野里独来独往的一匹狼”，在张扬个性的意味上，纪弦表现了他的野性，这是迥异于旧知识分子的温文尔雅的传统风貌的。即使李白、苏东坡这样张扬个性的诗人，也不见自比为“野兽”的。然而纪弦这样的自比为狼，却似乎有他独来独往的个性依据。

一个人不以“先知”自诩，也不以“叹息”来感染别人，“而恒以数声凄厉已极之长嗥 / 摇撼彼空无一物之天地”，这是多么孤独而苍茫的境界。明知大地之“空无一物”，而依然试图“摇撼”它，以近乎绝望的心态明知其不可为而为之，这就是一个诗人在极度悲愤的心态下发出的呐喊。有结果吗？据诗人自己说，它“使天地战栗如同发了疟疾”，这当然是他的自我感觉，然而又是传递给了读者的一种感觉。“并刮起凉风飒飒的，飒飒飒飒的”，真像是听到剧烈的风声了吧。

其实，诗人只是夸张地发泄了一通而已，事实未必像他写的那样“立竿见影”。他的诗的结句写道，“这就是一种过瘾”，如此而已。

读到诗的结局，人们不禁有一种“上当受骗”的感觉，原来诗人只是为了“过瘾”而写诗，并不是要读者“受教育和启示”的呀？可是要是再琢磨一下，纪弦其实是道出了诗人写诗的动机的奥秘的。他其实从另一方面让读者懂得了读诗需要获得的是什么。

预　言

何其芳

这一个心跳的日子终于来临！
呵，你夜的叹息似的渐近的足音，
我听得清不是林叶和夜风私语，
麋鹿驰过苔径的细碎的蹄声！
告诉我，用你银铃的歌声告诉我，
你是不是预言中的年青的神？

你一定来自那温郁的南方！
告诉我那里的月色，那里的日光！
告诉我春风是怎样吹开百花，
燕子是怎样痴恋着绿杨！
我将合眼睡在你如梦的歌声里，
那温暖我似乎记得，又似乎遗忘。

请停下你疲劳的奔波，

进来，这里有虎皮的褥你坐！

让我烧起每一个秋天拾来的落叶，

听我低低地唱起我自己的歌！

那歌声将火光一样沉郁又高扬，

火光一样将我的一生诉说。

不要前行！前面是无边的森林：

古老的树现着野兽身上的斑纹，

半生半死的藤蟒一样交缠着，

密叶里漏不下一颗星星。

你将怯怯地不敢放下第二步，

当你听见了第一步空寥的回声。

一定要走吗？请等我和你同行！

我的脚步知道每一条熟悉的路径，

我可以不停地唱着忘倦的歌，

再给你，再给你手的温存！

当夜的浓黑遮断了我们，

你可以不转眼地望着我的眼睛！

我激动的歌声你竟不听，

你的脚竟不为我的颤抖暂停！

像静穆的微风飘过这黄昏里，

消失了，消失了你骄傲的足音！
呵，你终于如预言中所说的无语而来，
无语而去了吗，年青的神？

《预言》的出现，奠定了何其芳在中国新诗史上的突出地位。

首先，这首诗的语言运用之成熟吸引了大量读者。新诗初创期的语言方式受到的责难，在它的拖沓冗赘和缺少诗性上。《预言》则一反那种“话怎么说诗就怎么写”的习气，把诗情的表达引入一种委婉倾诉的语境。细谈全诗，完全被诗那种旁敲侧击式抒情所吸引。诗人时不时地以对话的方式倾诉自己的情怀，但又不是直抒胸臆，处处流露出情意绵绵的含蓄。恰恰是这种倾诉方式，使诗性的朦胧更为耐人咀嚼。

其次，这首诗的层次感极具诱惑力。从“你夜的叹息似的渐近的足音”开始，继而是“银铃的歌声告诉我”，再又是“我将合眼睡在你如梦的歌声里”，直到“那歌声将火光一样沉郁又高扬”，都是写的一种灵魂上的亲近。从“不要前行”开始转入了“你将怯怯地不敢放下第二步”，纠缠与犹豫，困扰与失落，似乎预示了某种不幸的结局。“无语而来”和“无语而去”的转折意味着什么？只好由读者去猜想了。这就是此诗的魅力。

对于环境氛围的营造，或许也是此诗最为成功的因素之一。每一种场景的出现和存在，都是同诗中人物的心灵相契合的。语言的潜移与模糊，暗示着心灵世界的动荡不宁。

何其芳的这种诗性语言的魅力，在新诗历史上并不多见。可以说，《预言》是一首在语言的美质和气氛的优雅上达到了堪称完美的境界的诗。

我爱这土地

艾　青

假如我是一只鸟，
我也应该用嘶哑的喉咙歌唱：
这被暴风雨所打击着的土地，
这永远汹涌着我们的悲愤的河流，
这无止息地吹刮着的激怒的风，
和那来自林间的无比温柔的黎明……
——然后我死了，
连羽毛也腐烂在土地里面。

为什么我的眼里常含泪水？
因为我对这土地爱得深沉……

不夸张地说，凡是读诗的人，没有不知道《我爱这土地》的；夸张一点说，凡是有点文化知识的人，恐怕都知道“为什么我的眼里常含泪水？/因为我对这土地爱得深沉”这两句诗。

艾青的这首诗之所以能够流传甚广，与它的精短和易于接受密不可分。

从抒情方式上说，艾青的“假如我是一只鸟，/我也应该用嘶哑的喉咙歌唱”这种表白单刀直入而明朗。但是在接下来的诗句里，并不是那么简单直白的了。后面的排比句中，像“土地”“河流”“风”“黎明”等物象和现象，每一个词语的前置短语，都因为含有某种特定的象征意味而使这些词语变得耐人寻味起来。土地为什么是被暴风雨所打击着的？河流为什么又是永远汹涌着我们的悲愤的？风何以无止息地吹刮着激怒？黎明何尝因来自林间而显得无比温柔？而当这一切得以实现，“我死了，/连羽毛也腐烂在土地里面”。诗人以他独特的感受写出了中国大地上所发生的被诗化了的现象，以及他对这片土地寄予的赤诚期望。最后则是同它融为一体。

只有在这种融为一体的感受中，然后才发出那两句震撼人心的肺腑之言，才使得他的诗句成为广大人民的共同心声。

就诗的艺术表现方式而言，艾青从切入到铺陈，最后的结语则起到了四两拨千斤的艺术效应。所谓的雅俗相济和共赏，大概就是这样的艺术境界吧。

手推车

艾　青

在黄河流过的地域
在无数的枯干了的河底
手推车
以唯一的轮子
发出使阴暗的天穹痉挛的尖音
穿过寒冷与静寂
从这一个山脚
到那一个山脚
彻响着
北国人民的悲哀

在冰雪凝冻的日子
在贫穷的小村与小村之间
手推车
以单独的轮子

刻画在灰黄土层上的深深的辙迹

穿过广阔与荒漠

从这一条路

到那一条路

交织着

北国人民的悲哀

艾青大量的诗作都以自由的旋律为特征，《手推车》是他早期诗作中在形式上较为格律化的作品。这可能同所表现的生活内涵有密切关联。

此诗前后两节，每节十行，相对应的诗句中的字数都是相同或相近的。这一形式上的特点，在艾青的诗中属于罕见的。这一突出的形式特点，同他要表现的手推车的路线图极为相似。单调，沉闷，循规蹈矩，首先在诗的形式上体现了它的特征。然后，“以唯一的轮子／发出使阴暗的天穹痉挛的尖音”；“以单独的轮子／刻画在灰黄土层上的深深的辙迹”。把手推车的行走方式和姿态，描述得令人痛楚而刻骨铭心。这就是一个大诗人的语言方式给读者带来的阅读感受。

通常所说的诗的内容与形式的统一，往往被一些人有意无意地加以误解。譬如孤立地讨论“形式建设”。其实，诗的形式是不固定的，只有当它的“形式感”在读者心目中获得认可时，诗的内容和形式才会达到高度的统一。

《手推车》的最大成就，就是它的表现内容在它的“形式感”中得到了最充分的体现，所以读到它，人们的心灵中会产生一种痛楚，一种刻骨铭心的感受。

当然，这种感受，绝对不是局限于对手推车的表面印象，而是关乎一个时代，一个社会悲剧的种种联想。这才是一首经典诗作的艺术价值之所在。

老 马

臧克家

总得叫大车装个够，
它横竖不说一句话，
背上的压力往肉里扣，
它把头沉重地垂下！

这刻不知道下刻的命，
它有泪只往心里咽，
眼前飘来一道鞭影，
它抬起头望望前面。

据作者说，他写这首诗是因为1927年大革命失败以后对革命前途感到渺茫，生活痛苦而产生的诗思。至于“老马”的形象，可以从杜甫的《瘦马行》和《病马》中参照其意蕴。诗人自己的解说可以作为读者理解此诗的突破口。

《老马》被公认为臧克家的代表作，它的成功，首先是对老马的处境的真实刻画，把它在沉重的压迫下不得不忍受的命运写得刻骨铭心。人们极容易把老马的命运同一切被压榨的人物相联系。臧克家的诗也的确一贯地表现了对底层人物命运的关怀。

不过《老马》这首诗之所以具备艺术的生命力，还在于它的极其精炼准确的描述方式。

第一节的“总得叫大车装个够，/它横竖不说一句话”，一种负重而难言的描述，写的是马，其实能够很自然地引发人对自身命运的联想。“压力往肉里扣”和“头沉重地垂下”，更加强形象的感染力。后面一节“这刻不知道下刻的命”和“抬起头望望前面”，都是在“一道鞭影”的前因后果中展开的过程陈述。人们因此而对老马的命运充满同情又寄予莫名的展望。

由于这简短的八行诗突现了老马的命运，再加上诗的语言的沉重感与节律感结合得好，韵脚又顺口成章，多种因素的综合，使这首诗成为新诗中极易流传之作。

寻梦者

戴望舒

梦会开出花来的，
梦会开出娇妍的花来的：
去求无价的珍宝吧。

在青色的大海里，
在青色的大海的底里，
深藏着金色的贝一枚。

你去攀九年的冰山吧，
你去航九年的旱海吧，
然后你逢到那金色的贝。

它有天上的云雨声，
它有海上的风涛声，
它会使你的心沉醉。

把它在海水里养九年，
把它在天水里养九年，
然后，它在一个暗夜里开绽了。

当你鬓发斑斑了的时候，
当你眼睛蒙眬了的时候，
金色的贝吐出桃色的珠。

把桃色的珠放在你怀里，
把桃色的珠放在你枕边，
于是一个梦静静地升上来了。

你的梦开出花来了，
你的梦开出娇妍的花来了，
在你已衰老了的时候。

以“雨巷诗人”登上诗坛的戴望舒为人所知，但以“寻梦者”的身份探求人生奥义的戴望舒，却未必享有如此盛名了。其实，经历岁月的洗礼之后，人们将会逐渐认知二者的分量之不同。

《雨巷》的一大特色是它的音乐性，但是《寻梦者》在这方面未必输于它。而就诗的内涵和意旨而言，一为对古诗意涵的稀释，一为对现实人生的追求与探究，应该是不难判断高下的。

《寻梦者》的整体情绪的贯彻始终，其实更为独具特色地表现了戴望舒作为诗人的个性和品格。

戴望舒是一个执着的而又具有淡淡哀愁和忧郁的诗人。在某些关键的时刻，他的家国情怀之强烈，又似同其哀愁忧郁的性格相悖。只有这首《寻梦者》，无论是情绪的表达，还是那种语言方式的绵延舒缓中的执着激情，在艺术表现上达到的完美统一，都可以说是令人叹为观止的。

人生在不断的追求中逐步地实现了目的，不管最终获得的是多大程度的满足，总还是一种精神上的满足吧。戴望舒对于最终获得的结果或许存在一定程度的理想化，然而即使如此他还是不得不忧郁地表示，只有当你老了的时候才会达到这种境界，这不正是一种人生的遗憾和无奈吗？

诚然，人们不会因为这样就放弃了毕生的追求，不过，还是要准备进行多次的艰苦跋涉的。

祈　求

蔡其矫

我祈求炎夏有风，冬日少雨；
我祈求花开有红有紫；
我祈求爱情不受讥笑，
跌倒有人扶持；
我祈求同情心——
当人悲伤
至少给予安慰
而不是冷眼竖眉；
我祈求知识有如泉源，
每一天涌流不息，
而不是这也禁止，那也禁止；
我祈求歌声发自各人胸中
没有谁要制造模式
为所有的音调规定高低；
我祈求

总有一天，再没有人

像我作这样的祈求！

此诗虽说是以个人的“祈求”来表达其内心的愿望，但其实蕴含着十分沉重的时代悲剧内涵。

蔡其矫是一个以写自由诗而获得诗名的人，中途却出于可以理解的原因而一度去写“民歌体”。其失败的结果是必然的。诗人也许就是吞下了这枚苦果之后，才深悟了强求一致的艺术创作方式是何等的愚昧和顽劣。在他觉悟之后，终于以这种直露的方式唱出了他的祈求之歌。

他的祈求是什么？有什么悖于常理的地方吗？似乎都属于自然而正常的现象：“花开有红有紫”“爱情不受讥笑”“跌倒有人扶持”，如此等等。何以要诗人几近撕心裂肺地奋起呐喊呢？读完了诗人的所谓祈求，似乎感到他在开一次玩笑，还是有意在“愚弄”读者？

其实，所有这些祈求，都只为了突现最后那一句：“我祈求／总有一天，再没有人／像我作这样的祈求！”

之所以说此诗蕴含着十分沉重的时代悲剧内涵，就是因为当时把许多正常的事物当作非正常的事物加以排斥和抵制，某些人借机大搞文化专制主义而造成了普遍性的悲哀、恐惧心理。蔡其矫作为一个亲历者和受害者，他以这样一种方式来祈求，实际就是对文化专制主义的控诉。进入历史转折的新时期以后，他的佳作迭出，也证明了他“文革”结束前的这种觉醒。他既是先知先觉者，又是对真正诗性的忠诚追求者。

错　误

郑愁予

我打江南走过
那等在季节里的容颜如莲花的开落

东风不来，三月的柳絮不飞
你底心如小小的寂寞的城
恰若青石的街道向晚
跫音不响，三月的春帷不揭
你底心是小小的窗扉紧掩

我达达的马蹄是美丽的错误
我不是归人，是个过客……

以现代人的意识回味和欣赏一次“美丽的错误”，构成了此诗的韵致。

作为一个现代社会中的人，郑愁予也许在思想意识上是倾向于未来的，“我打江南走过”，看起来是一句中性的陈述，实质上蕴含着一种告别的意味，否则也不会有“那等在季节里的容颜如莲花的开落”这种充满留恋情绪的诗句出现。

诗的核心部分是对“心”的诗化的描述。“寂寞的城”也好，“窗扉紧掩”也罢，总之是对女性内心世界的探究与窥视。明明是有着极深的了解，却又显出莫名的隔膜，实在是无奈之至的爱恋。唯其如此，这种“美丽的错误”才充溢着人性中的复杂和丰富。

“我不是归人，是个过客……”意犹未尽，但又不能回头，郑愁予在诗中所表现和传达的，就是这样一种本不该犯却又无法挽回的“美丽的错误”，这也正是此诗让人读后难以释怀的原因。

《错误》虽然是只有不到十行的短诗，但它的表达方式似乎把人们引入了一个绵长悠远的空间。对于人的情感经历而言，它是一段曲折回环的途程，对于人的生活道路而言，它又是极具启示的反思和忏悔。人生在这种经历中所走过的痕迹，因情感的精致和细腻而显示出它的韵味。这也正是此诗能打动人心的根本原因。

埋葬了的爱情

苏金伞

那时我们爱得正苦
常常一同到城外沙丘中漫步
她用手拢起了一个小小坟茔
插上几根枯草，说：
这里埋葬了我们的爱情

第二天我独自来到这里
想把那座小沙堆移回家中
但什么也没有了
秋风在夜间已把它削平

第二年我又去凭吊
沙坡上雨水纵横，像她的泪痕
而沙地里已钻出几粒草芽
远远望去微微泛青

这不是枯草又发了芽
这是我们埋在地下的爱情
生了根

老年人写爱情诗，大抵属于回忆性的居多。像歌德那样八十岁还敢向十六岁的少女写爱情诗的人，究竟是人中之龙，稀有物种。

苏金伞此诗也是老年所写，但他写的是一次遗憾和愧疚。据诗人自己说是因为年轻时的一次约会，出于羞怯而没有亲吻对方，留下了无尽的遗憾，于是写了此近于绝笔的佳作。

就叙述的过程而言，从“她用手拢起了一个小小坟茔／插上几根枯草，说：／这里埋葬了我们的爱情”，到后面“我”又两次回到旧地所见。一次是第二天那个坟茔被风刮掉了；第二次是“第二年”，诗人眼中看到“沙坡上雨水纵横，像她的泪痕”，可是从沙地里长出的“几粒草芽”，却让诗人联想到：“这不是枯草又发了芽／这是我们埋在地下的爱情／生了根”。

如果用起承转合的模式来解读此诗，它的出彩之处即在“合”上，具有“豹尾”的艺术效应。

本来，对于一场已经逝去的爱情，在老年时回忆，除了遗憾和愧疚，不太可能再写出什么新意。苏金伞这位老诗人，居然对已经逝去的爱情，以诗意的联想创造了一个完美的结局。

这首诗的最后一句，“这是我们埋在地下的爱情 / 生了根”之所以特别震撼人心，在于它并不因为这是一场失败的爱情而以悲剧出之，反而用“生了根”来展示这种没有实现的爱情的坚韧品格，所谓不以成败论爱情的人生姿态，就是一种对人生价值的肯定。只要真情在，就是爱情的真谛。

悼念一棵枫树

牛　汉

我想写几篇小诗，把你最后的绿叶保留下来。

——摘自日记

湖边山丘上
那棵最高大的枫树
被伐倒了……
在秋天的一个早晨

几个村庄
和这一片山野
都听到了，感觉到了
枫树倒下的声响

家家的门窗和屋瓦
每棵树，每根草
每一朵野花
树上的鸟，花上的蜂

湖边停泊的小船
都颤颤地哆嗦起来……

是由于悲哀吗?

这一天
整个村庄
和这一片山野上
飘忽着浓郁的清香

清香
落在人的心灵上
比秋雨还要阴冷

想不到
一棵枫树
表皮灰暗而粗犷
发着苦涩气息
但它的生命内部
却贮蓄了这么多的芬芳

芬芳
使人悲伤

枫树直挺挺的
躺在草丛和荆棘上
那么庞大，那么青翠
看上去比它站立的时候
还要雄伟和美丽

伐倒三天之后
枝叶还在微风中
簌簌地摇动
叶片上还挂着明亮的露水
仿佛亿万只含泪的眼睛
向大自然告别

哦，湖边的白鹤
哦，远方来的老鹰
还朝着枫树这里飞翔呢

枫树
被解成宽阔的木板
一圈圈年轮
涌出了一圈圈的
凝固的泪珠

泪珠

也发着芬芳

不是泪珠吧

它是枫树的生命

还没有死亡的血球

村边的山丘

缩小了许多

仿佛低下了头颅

伐倒了

一棵枫树

伐倒了

一个与大地相连的生命

产生在特殊历史背景中的这首诗，是牛汉对可悲的历史现象的沉痛悼念。“一棵枫树”所具有的象征意味不言而喻。

牛汉的诗，总体上呈现出善于营造环境，长于铺陈的特色。因此他的诗特别容易把读者引入诗的情境之中。此诗从“那棵最高大的枫树 / 被砍倒了……”开始叙述，而后以颇为夸张和煽情的语言写出它的影响。几个村庄都听到了它倒下的声响，几乎所有的事物“都颤颤地哆嗦起来”，接着是一片山野都“飘忽着浓郁的清香”，如此等等。这种夸张和煽情，恰恰是他营造环境氛围的艺术手段。没有这种复述一切的铺陈就不可能取得强烈的艺术感染力。

通观此诗，从枫树的被砍倒，至它“被解成宽阔的木板”，对周围一切事物产生的影响，都是牛汉的“心象”，而正是这种“心象”，扩大和深化了人们对这首诗的理解。“心象”虽然是一种“虚在”，但它对阅读者心灵的触动，激发的思考，是实实在在的。

当人们谈道：

伐倒了
一棵枫树
伐倒了
一个与大地相连的生命

这样的诗句，难道不引人沉思，令人动情？所以说，牛汉的夸张和煽情，恰恰是诗性的极致的表现。

老妓女

唐 祈

夜，在阴险地笑，
有比白昼更惨白的
都市浮肿的跳跃，叫嚣……

夜使你盲目，太多欢乐的窗
和屋，你走入闹市中央，
走进更大的孤独。
听，淫欲喧哗地从身上
践踏：你——肉体的挥霍者啊，罪恶的
黑夜，你笑得像一朵罂粟花。

无端的笑，无端的痛哭，
生命在生活前匍匐，残酷的
买卖，竟分成两种饥渴的世界。
最后，抛你在市场以外，唉，那个

衰斜的塔顶，一个老女人的象征
深凹的窗：你绝望了的眼睛。

你塌陷的鼻孔腐烂成一个洞，
却暴露了更多别人荒淫的语言，
不幸的名字啊，你比他们庄严。

如果说罗丹的雕塑《老妓女》是以具体的形象激发人们的想象的话，唐祈的这首诗则是以文字的陈述，勾画了一种扭曲的生活现象和人物命运。

唐祈对“老妓女”的一生作了片段的过程性陈述，最终归结成：“无端的笑，无端的痛哭，/生命在生活前匍匐，残酷的/买卖，竟分成两种饥渴的世界。”在呈现个人命运被不公的世道扭曲和蹂躏时，揭示了“两种饥渴的世界”的冷酷面目。

就诗的语言表现力而言，唐祈可以说达到了一种极致。像“深凹的窗：你绝望了的眼睛。”特别是最后一节：

你塌陷的鼻孔腐烂成一个洞，
却暴露了更多别人荒淫的语言，
不幸的名字啊，你比他们庄严。

在新诗的历史上，写此类题材的本来就很少，唐祈此诗之所以引人注目，更主要的还在于他通过这种片段性的过程陈述，勾画出一种类型：虽然个人命运各殊却最终殊途同归的悲惨现象。正是在这种现象中，唐祈对不公的世道发出了他愤怒的指控。

唐祈深谙为诗之道，他在自己的陈述中，让场景和形象发言，让动态中的静默构成强烈的对比而引发读者的联想和思索。就以他那最后一句“你比他们庄严”，便恰到好处地取得了应有的艺术效应。

悬崖边的树

曾　卓

不知道是什么奇异的风
将一棵树吹到了那边——
平原的尽头
临近深谷的悬崖上

它倾听远处森林的喧哗
和深谷中小溪的歌唱
它孤独地站在那里
显得寂寞而又倔强

它的弯曲的身体
留下了风的形状
它似乎即将倾跌进深谷里
却又像是要展翅飞翔……

在表现一代知识分子的命运和心智上，曾卓此诗具有典型意义。

无端地吹来的“奇异的风”，把一棵树吹到了“临近深谷的悬崖上”。而在这种命悬一线的生存状态中，它“显得寂寞而又倔强”。这一句言简意赅的话语，描述的是千千万万知识分子非常真实的心态。他们无助而仍在坚持着。

能够称为此诗“诗眼”的，就是“它的弯曲的身体 / 留下了风的形状”。“弯曲”一词，可能是一种外形，更可能是内在的精神状态。曾卓作为一个过来人，他没有故意地美化或丑化一切，他的诗语具有必要的灵活空间。

> 它似乎即将倾跌进深谷里
> 却又像是要展翅飞翔……

两种可能性都是存在的。一种是“跌进深谷”，一种是“展翅飞翔”。从那一段历史中走过来的人们，的确有许多“跌进深谷”的，也有一些后来又“展翅飞翔”的。

曾卓此诗，看起来是客观而平静地陈述，但他所创造的“悬崖边的树”这一意象，已经可以作为诗的经典意象而存在。

诗人的内在思想倾向和情感蕴意，当然可以从他的诗行中得到领悟，但是当人们细品其诗语的那种“中性表达”时，更应该深思的是，如何在诗的写作中，实现让读者在阅读过程中自我思考，自我得出结论。

金黄的稻束

郑　敏

金黄的稻束站在
割过的秋天的田里，
我想起无数个疲倦的母亲，
黄昏路上我看见那皱了的美丽的脸，
收获日的满月在
高耸的树巅上，
暮色里，远山
围着我们的心边，
没有一个雕像能比这更静默。
肩荷着那伟大的疲倦，你们
在这伸向远远的一片
秋天的田里低首沉思，
静默。静默。历史也不过是
脚下一条流去的小河，
而你们，站在那儿，
将成为人类的一个思想。

郑敏此诗之所以成为她的经典之作，不仅是因为她有一颗敏悟的诗心，更得力于她哲思的大脑。

据她自己说此诗的灵感源于在昆明一次黄昏时的漫步，因目睹一束束收割后的稻束而产生的联想。

触景生情本是很普遍的诗思方式。郑敏的独特之处，是她从稻束而想到了“疲倦的母亲”。这种联想也可能同她女性的身份有关。但是具备哲思品质的她，从“没有一个雕像能比这更静默”的诗的塑造中，极大地把一种宁静、寂寞而又博大的品格，注入了“金黄的稻束”中，从而使“稻束”成为屹立在中国诗坛的光辉意象。

郑敏写过很多优秀的诗篇，但是人们在谈及她时，首先想到的依然是这“金黄的稻束”。稻束不仅具备了“低首沉思”的人性，更“成了人类的一个思想”。

历史上很多诗人都因为一种意象而成为其诗的标志。有时候，这种现象好像来得偶然而轻易，其实它是同诗人在日常生活中的积累紧密相关的。郑敏如果不是具备对外在事物的诗性体察，她不可能从这种极其普通的现象中发现诗，更不可能借此而生发出这种哲思。这就是诗人能够写出经典式诗作的根本条件，一方面须要具备敏悟的心灵，同时又具备哲思的能力。道理简单，做到却不容易。

山和海

陈敬容

相看两不厌，惟有敬亭山

——李白

高飞
没有翅膀
远航
没有帆

小院外
一棵古槐
做了日夕相对的
“敬亭山”

但却有海水
日日夜夜
在心头翻起
汹涌的波澜

无形的海呵
它没有边岸
不论清晨或黄昏
一样的深，一样的蓝

一样的海呵
一样的山
你有你的孤傲
我有我的深蓝

陈敬容是中国现代女诗人中具抒情特质的佼佼者。诗人个人生活命运的不幸，造就了她诗中的忧郁气质，但她不屈服命运的性格在诗中有鲜明的表现。在进入社会的转折期后，她写于1979年生病期间的《山和海》，成为其优秀的代表作。

就写作时的心态而诗，她可能意识到自己在步入晚年之际，难免有一种总结一生的经历的意味。所谓“高飞 / 没有翅膀 / 远航 / 没有帆”，正是她对于生命过程的无奈的表达。然而在触目可及的事物中，她把“古槐”当成了李白的“敬亭山”，也可见出她心性的高傲。

明明说的是“敬亭山”，却突然笔锋一转，把心情中“汹涌的波澜”比喻为海水，以显示其胸怀的宽广。这似乎也体现了她内心深处的不甘寂寞吧。她不是怀才不遇，而是在感叹那“一样的深，一样的蓝”的内心世界，世人中能够理解的太过稀少了。

诗人终于在最后发出内心的呼喊：“一样的海呵 / 一样的山 / 你有你的孤傲 / 我有我的深蓝”。她可能是把这样的诗句，作为遗言留给这个世界的。

一个极具才华的女诗人，在命运的作弄中度过了寂寞的一生，但她留给世人的诗，证明着她的生命价值。

月亮从大漠滚上来

灰 娃

大漠的精气神
那些个金环银环
在高处射出冷光
弯道尽头
马贩子绸缎商越走越小
空荡荡戈壁上骷髅飘飘忽忽
新月形的沙丘链和
沙丘背阴之侧居住着
猫头鹰、刺猬、蝙蝠、蜥蜴

这是它们的老宅　打从
狼烟消散就选中这厢的

我早知道　它们
心怀某种憧憬

和一些奇想　不避讳

庞大的兽类

天上湛蓝湛蓝

深海里一个个

又圆又满的

月亮们对谁

也没有敬意

什么苦难也不眷顾

日头一落就出发

在大漠上空滚动

轰隆轰隆的巨响

灰娃的诗，体现了一个老年人拥有青春的心灵世界。这首诗题的超常态在“滚上来”一词。诗人以这种语言方式来写月亮的升起，不是为了故意标新立异，而是出于她的一种内心感受。

细读全诗，它的重心似乎并不在月亮而是在写大漠。大漠可能是诗人对外在世界的心灵认知。所谓的“大漠的精气神”，就是她笔下那些“马贩子绸缎商”和“戈壁上骷髅”的活动场景，以及猫头鹰、刺猬、蝙蝠、蜥蜴们的生存状态。诗人以旁观者的身份，洞悉这个“庞大的兽类”的所作所为。对于那些从天上到海里的“又圆又满的”事物，不管是憧憬抑或心怀鬼胎，诗人并不在意。她只知道，“月亮们对谁 / 也没有敬意 / 什么苦难也不眷顾 / 日头一落就出发 / 在大漠上空滚动 / 轰隆轰隆的巨响”。

以这种方式和姿态写月亮，一反人们对月亮的温情和柔和的观感，恰恰显示出灰娃的坚执和淡定的人生观念。月亮其实是没有什么诸如温情、柔和的感情的，一切皆为人的赋予。灰娃只认定，“日头一落就出发”才是它的本性，至于“在大漠上空滚动 / 轰隆轰隆的巨响”，那就是灰娃赋予其的品格了。从这里人们似乎可以探出灰娃的内心世界。

灰娃笔下的这种冷风景，给予人们的阅读感受是独特的。它的冷是因为诗人内心的期待遭遇了生活的酷烈打击而形成的，所以从这种冷中我们可以窥视到她内心深处的热。

航

辛　笛

帆起了
帆向落日的去处
明净与古老
风帆吻着暗色的水
有如黑蝶与白蝶

明月照在当头
青色的蛇
弄着银色的明珠
桅上的人语
风吹过来
水手问起雨和星辰

从日到夜
从夜到日

我们航不出这圆圈

后一个圆

前一个圆

一个永恒

而无涯涘的圆圈

将生命的茫茫

脱卸与茫茫的烟水

辛笛属于早熟的诗人。这首《航》写于他读大学三年级时一次探访中学同学旅途中的感受。他的这位同学虽然学习勤奋却因家境贫困而辍学。也许正是这种基于同情而产生的命运感，使他在航海途中写下了此诗。这不仅是他的成名作，也是他的代表作之一。

感情的基调决定了诗的底色。“帆向落日的去处”而不是迎着朝阳。“风帆吻着暗色的水”而不是荡漾在碧波之中。在夜色的航行中只能听到“水手问起雨和星辰”，一切都是冷寂的氛围。由此而生发出的感慨，就是一种无边际的圆圈的循环。诗人因此而发出了对生命苍茫的感叹：“将生命的茫茫 / 脱卸与茫茫的烟水”。

因景而生的情，在情景交融中生发出对生命的苍茫乃至虚无之感，可以说是诗歌写作中经常呈现的现象。然而我们绝不能简单地认定这就是一种消极的现象。诗人内心感受的复杂往往因时因地的不同而呈现出斑斓的色彩，越是大诗人越具这种特色，李白便是典型的代表人物。

辛笛在青年时代就敏悟到了生命的苍茫感，而且把它同大自然的景观融合在一起，证明了他的诗心之纯净，思虑之深切。他也许正是在同学的生命遭遇同自己的对比中，感悟到了生命的无奈，从而在内心深处扩展了一种人生的视野。这并不是消极的虚无，而是更为博大的胸怀得以形成的必要修炼。

断　章

卞之琳

你站在桥上看风景，
看风景人在楼上看你。

明月装饰了你的窗子，
你装饰了别人的梦。

《断章》之所以产生如此巨大的影响，李健吾功不可没。没有那一场关于“装饰”二字的争论，人们也许不会对它产生那么多的歧义性解读。因为李健吾从“装饰”二字中看出了人生的悲哀，并且将此说成是此诗的主旨，引来了卞之琳的反驳，并说他本意只在写事物的相对性。

现在看来，如何解读此诗已不重要，重要的是，它扩展和丰富了人们对诗的感受和探究的视野。其实在很多人眼里，这就是一首爱情诗。一男一女在楼上和桥上互为风景，而后是“明月装饰了你的窗子，/ 你装饰了别人的梦。”明月与梦，多么融洽的爱情氛围，可是李健吾却在“装饰”中看到了人生的悲哀。对于一般人来说或许是匪夷所思的，可是李健吾却说这是他的幸福。

可见对一首诗的解读方式，在不同的读者眼中是何等的相去甚远。

《断章》因其表现方式上的模棱两可而引起了一场巨大的争议，不仅是扩大了它的影响，更是让众多的诗歌爱好者从中真正受益，他们由此而懂得了欣赏诗歌的方式是可以多元化的。

不过话还得说回来，首先是诗的内涵有东西供人们探讨和发掘，没有内涵的假大空的文字，人们是不会为之浪费口舌的。

《断章》的可触摸性，造就了它的可亲近，而它的语言的表达方式，又提供了人们理解和认知上的分歧性。这才是它的诗性内涵的可贵之处。什么样的诗会培养出什么样的读者，此理不谬也。

白玉苦瓜

余光中

似醒似睡，缓缓的柔光里
似悠悠醒自千年的大寐
一只瓜从从容容在成熟
一只苦瓜，不再是涩苦
日磨月磋琢出深孕的清莹
看茎须缭绕，叶掌抚抱
哪一年的丰收像一口要吸尽
古中国喂了又喂的乳浆
完美的圆腻啊酣然而饱
那触觉，不断向外膨胀
充实每一粒酪白的葡萄
直到瓜尖，仍翘着当日的新鲜

茫茫九州只缩成一张舆图
小时候不知道将它叠起

一任摊开那无穷无尽

硕大似记忆母亲，她的胸脯

你便向那片肥沃匍匐

用蒂用根索她的恩液

苦心的悲慈苦苦哺出

不幸呢还是大幸这婴孩

钟整个大陆的爱在一只苦瓜

皮靴踩过，马蹄踩过

重吨战车的履带踩过

一丝伤痕也不曾留下

只留下隔玻璃这奇迹难信

犹带着后土依依的祝福

在时光以外奇异的光中

熟着，一个自足的宇宙

饱满而不虞腐烂，一只仙果

不产在仙山，产在人间

久朽了，你的前身，唉，久朽

为你换胎的那手，那巧腕

千眄万睐巧将你引渡

笑对灵魂在白玉里流转

一首歌，咏生命曾经是瓜而苦

被永恒引渡，成果而甘

这是一首典型的借题发挥之作。余光中在从台北故宫博物院看到的白玉苦瓜身上，既寄托了思古之幽情，更赞美了高超的技艺。

余光中毕竟是深谙语言艺术的巨匠，他从一开始对“似醒似睡”的措辞中，就托出了白玉苦瓜的生命感，从而使读者进入一种对生命状态的感知。不仅是生命感，而且还进入了历史感，在“日磨月磋”中造就的“茎须缭绕”，在“古中国喂了又喂的乳浆”培育里，那“完美的圆腻”，那“仍翘着当日的新鲜”的生机，几乎把一件工艺品作为新鲜生命活生生地呈现于人们眼前。

诗人的艺术眼光独特之处在于，他并不是孤立地写这一只白玉苦瓜，而是一下子拓展成“茫茫九州只缩成一张舆图”，把这只白玉苦瓜的存在幻化成“那片肥沃匍匐”的“整个大陆的爱在一只苦瓜”之中。

诗人的联想力之丰富，胸怀之博大，促成了在艺术形成中的一次对中国苦难而辉煌的历史的审视。从“笑对灵魂在白玉里流转／一首歌，咏生命曾经是瓜而苦／被永恒引渡，成果而甘”，我们读出的，不仅是对一件艺术品的高度赞扬，更是因之而滋生的对祖国苦难与辉煌的历史的关爱与审视。

《白玉苦瓜》绝不是一首所谓的咏物诗，而是一个诗人在对一件工艺品审美观照之余的对自己祖国充满热情与爱心的赤诚表达，而他的艺术手段之高超，也是令读者为之心动的。

冬（之一）

穆　旦

我爱在淡淡的太阳短命的日子，
临窗把喜爱的工作静静做完；
才到下午四点，便又冷又昏黄，
我将用一杯酒灌溉我的心田。
多么快，人生已到严酷的冬天。

我爱在枯草的山坡，死寂的原野，
独自凭吊已埋葬的火热一年，
看着冰冻的小河还在冰下面流，
不知低语着什么，只是听不见。
呵，生命也跳动在严酷的冬天。

我爱在冬晚围着温暖的炉火，
和两三昔日的好友会心闲谈，
听着北风吹得门窗沙沙地响，

而我们回忆着快乐无忧的往年。
人生的乐趣也在严酷的冬天。

我爱在雪花飘飞的不眠之夜，
把已死去或尚存的亲人珍念，
当茫茫白雪铺下遗忘的世界，
我愿意感情的激流溢于心间，
来温暖人生的这严酷的冬天。

作为新诗史上杰出的诗人，穆旦的诗将会以经典的方式存在。这首《冬（之一）》，是他在苦难煎熬的岁月中极为复杂的心灵之声。写这首诗时，他似乎预感到了些什么，但仍然犹疑不定地期待着。

从“淡淡的太阳短命的日子”这句诗，我们就可以体味到他的幽默和反讽的意味。诗人不得不借助“一杯酒灌溉我的心田”，是因为他感到了“人生已到严酷的冬天”。然而即使如此，他的诗心却引导他“看着冰冻的小河还在冰下面流”，“生命也跳动在严酷的冬天”。穆旦的抒情方式从来都是借助对情景的“引而不发”的呈现，来表达他内心深处一些玄奥的思考，所以具有特别耐人寻味的品质。从早年的风华正茂的《诗八首》到《冬》，他的人生命运记录了一个时代的变迁轨迹。

《冬（之一）》的语言方式也似乎迥异于早年的那种决断和干脆利落，呈现在《冬（之一）》中的语言，节律舒缓而欲言又止，使人感受到一个步入暮年的诗人心有不甘却情意绵绵的矛盾心态。冬天带来的冷酷虽令人丧气，但诗人坚持地表白："我愿意感情的激流溢于心间，/来温暖人生的这严酷的冬天。"诗人在呈现上仍然这样执着，固然体现了他的品性，但愈是这样愈显出其悲剧性的深刻。

穆旦过早地离开了人世，如果他能活到20世纪80年代以后，将会给中国诗坛留下更多更宝贵的经典之作。

智慧之歌

穆　旦

我已走到了幻想底尽头，
这是一片落叶飘零的树林，
每一片叶子标记着一种欢喜，
现在都枯黄地堆积在内心。

有一种欢喜是青春的爱情，
那是遥远天边的灿烂的流星，
有的不知去向，永远消逝了，
有的落在脚前，冰冷而僵硬。

另一种欢喜是喧腾的友谊，
茂盛的花不知道还有秋季，
社会的格局代替了血的沸腾，
生活的冷风把热情铸为实际。

另一种欢喜是迷人的理想，
它使我在荆棘之途走得够远，
为理想而痛苦并不可怕，
可怕的是看它终于成笑谈。

只有痛苦还在，它是日常生活
每天在惩罚自己过去的傲慢，
那绚烂的天空都受到谴责，
还有什么彩色留在这片荒原？

但唯有一棵智慧之树不凋，
我知道它以我的苦汁为营养，
它的碧绿是对我无情的嘲弄，
我咒诅它每一片叶的滋长。

在生命步入末境时，在危难情况下，穆旦依然坚持着诗的写作。写于 1976 年 3 月的《智慧之歌》，可以看成是他对生命价值的一次热情而又冷峻的逼视。

“我已走到了幻想底尽头，/ 这是一片落叶飘零的树林，/ 每一片叶子标记着一种欢喜，/ 现在都枯黄地堆积在内心。”读这样的诗，就是在进入一个时代和人心。诗人个人的命运，也是一整代优秀诗人的命运。

诗人从“爱情”“友谊”“理想”，这些时常挂在人们口头上的词语中，写出了不同视角的体察。这些饱含着生命体验的诗语，像是在向后人们献出真诚的告诫。“为理想而痛苦并不可怕，/可怕的是看它终于成笑谈”，这就是一个饱受磨难依然痛苦地坚持着的诗人心灵的告白。在其后的一些年代里，人们不幸而看到了更为泛滥的“笑谈”。

诗人心目中唯一不凋的“智慧之树”，“它的碧绿是对我无情的嘲弄，/我咒诅它每一片叶的滋长”。这锥心刺骨的诗句，是诗人复杂心境的极致表达。他明知不凋的智慧之树是他这样的“叶子”的依存之所，何以又会“咒诅它每一片叶的滋长”呢？

生存的经历和处境似乎告诉他，那些堆积在他内心的枯黄的叶子，原先不都是碧绿的吗？现在的碧绿固然是对他的嘲弄，可是谁又能预料它们不会在未来变成枯黄呢？这才使诗人产生“咒诅它每一片叶的滋长”之心，其实还是在担心它们未来的命运。

红玉米

痖　弦

宣统那年的风吹着
吹着那串红玉米

它就在屋檐下
挂着
好像整个北方
整个北方的忧郁
都挂在那儿

犹似一些逃学的下午
雪使私塾先生的戒尺冷了
表姊的驴儿就拴在桑树下面

犹似唢呐吹起
道士们喃喃着

祖父的亡灵到京城去还没有回来

犹似叫哥哥的葫芦儿藏在棉袍里
一点点凄凉，一点点温暖
以及铜环滚过岗子
遥见外婆家的荞麦田
便哭了

就是那种红玉米
挂着，久久地
在屋檐底下
宣统那年的风吹着

你们永不懂得
那样的红玉米
它挂在那儿的姿态
和它的颜色
我底南方出生的女儿也不懂得
凡尔哈仑也不懂得

犹似现在
我已老迈
在记忆的屋檐下

红玉米挂着

一九五八年的风吹着

红玉米挂着

"红玉米"是痖弦所创造的独特的诗歌意象。在它的身上，寄托着一种沉重的历史记忆和切身的生活感受。

作为诗的意象，它的出现有点突兀，有着对人的阅读感受的冲击和震撼，"宣统那年的风吹着 / 吹着那串红玉米"。玉米本是黄色，何以变红？显然是年深月久风吹日晒所造就的。

在痖弦的笔下，"红玉米"这一意象与太多的生活具象和场景相联系。既是"北方的忧郁"，又同"逃学的下午"和"私塾先生的戒尺"相关；还有那"祖父的亡灵"和"哥哥的葫芦儿"中"一点点凄凉，一点点温暖"产生莫名其妙的联系。然而，玉米的"红"似乎永远在提醒着读者，它的存在就是一种难以割舍和逃离的命运。

从宣统的风到一九五八年的风，都在吹着那串"红玉米"，这是一种现象还是一种宿命？

痖弦的叙述方式看起来有点凌乱甚至语无伦次，然而正是这种叙述方式勾引起读者无限的遐想。历史记忆的丰富性与生活现象的庞杂性构成了诗性内涵的丰富与复杂。

诚然，对于他"南方出生的女儿"和"凡尔哈仑"来说，是他们所“不懂得”的。这或许也蕴含着一种对历史和现实产生不同的评价方式的原因。

然而痖弦却以他诗人的独特方式，把这一串“红玉米”的意象，鲜明而深刻地呈现在诗的历史丰碑之上。

如歌的行板

痖　弦

温柔之必要
肯定之必要
一点点酒和木樨花之必要
正正经经看一名女子走过之必要
君非海明威此一起码认识之必要
欧战，雨，加农炮，天气与红十字会之必要

散步之必要
遛狗之必要
薄荷茶之必要
每晚七点钟自证券交易所彼端

草一般飘起来的谣言之必要。旋转玻璃门
之必要。盘尼西林之必要。暗杀之必要。晚报之必要
穿法兰绒长裤之必要。马票之必要

姑母遗产继承之必要

阳台、海、微笑之必要

懒洋洋之必要

而既被目为一条河总得继续流下去的

世界老这样总这样：——

观音在远远的山上

罂粟在罂粟的田里

痖弦此诗，充满一种对现实存在的无奈的认同，对诸多事物的习性之“必要”的客观陈述。诗题“如歌的行板”好像是一种赞词而实际暗含讥讽。在对许多不可或缺的生活现象之“必要”的陈述后面，人们可以读出它的温馨，也不难洞察一些“必要”之“不必要”。

然而，存在是现实的无所不在，生活在其间的具体的个人，也许未必都能亲历这一切“必要”，却必定会有许多“必要”若隐若现地贯串在生活历程之中。众多的人确实会对这一些事物无动于衷，而敏感的诗人却在他的审视中呈现出他的感悟和思考。

生活的有意义或无意义是一些哲学家探讨的问题，诗人则总是在它的自身存在中去认识“意义”的真谛。痖弦笔下的那些“必要”，是有意义还是无意义，相信不同的读者会有不同的认知。他所写到的那些现象，是现实的存在，存在是否合理，不是他所能回答的。“必要”未必合理，合理有时候也未必“必要”。

痖弦把这一切当作“如歌的行板”，他只不过是以诗人冷峻的目光看待它们，以诗人敏悟的心灵感受它们而已。

那么，诗人就没有自己的判断吗？当然不是。他的态度就是诗的最后两句：

观音在远远的山上
罂粟在罂粟的田里

何者远，何者近，何者难，何者易，你自己选择吧。

边界望乡

洛　夫

说着说着
我们就到了落马洲

雾正升起，我们在茫然中勒马四顾
手掌开始生汗
望远镜中扩大数十倍的乡愁
乱如风中的散发
当距离调整到令人心跳的程度
一座远山迎面飞来
把我撞成了
严重的内伤

病了病了
病得像山坡上那丛凋残的杜鹃
只剩下唯一的一朵

蹲在那块“禁止越界”的告示牌后面
咯血。而这时
一只白鹭从水田中惊起
飞越深圳
又猛然折了回来

而这时，鹧鸪以火发音
那冒烟的啼声
一句句
穿透异地三月的春寒
我被烧得双目尽赤，血脉贲张
你却竖起外衣的领子，回头问我
冷，还是
不冷？

惊蛰之后是春分
清明时节该不远了
我居然也听懂了广东的乡音
当雨水把莽莽大地
译成青色的语言
喏！你说，福田村再过去就是水围
故国的泥土，伸手可及
但我抓回来的仍是一掌冷雾

在离开故国三十余载之后，洛夫在一次近距离地亲近它时，却只能留下可望而不可即的遗憾。当他以诗性的笔触回忆此时此地的情景时，写下了《边界望乡》这首名篇。

他似乎有意地把“落马洲”这一地点，同“勒马四顾”的心境，以一种双关的话语方式呈现在读者眼前，加强着茫然的失落感和彷徨感。“扩大数十倍的乡愁”同“调整到令人心跳的程度”的交集，接下来的是“一座远山迎面飞来／把我撞成了／严重的内伤”。

情与景的铺垫，意味着诗性的表现还在浅层次上，后面的借物寄情或托物言志，则把诗的深层次意涵表达得淋漓尽致。

从“禁止越界”的告示牌的出现而想象着“凋残的杜鹃”的咯血，到一只白鹭“飞越深圳／又猛然折了回来”，在“鹧鸪以火发音”的啼声中，自己已经“血脉偾张”，而友人则问他“冷，还是／不冷”。这种鲜明而强烈的幻象和感受的对比中，一个漂离故土的赤子之心被表现得活灵活现又沉重无比。

诚然，赤子之心可见，而“故国的泥土，伸手可及／但我抓回来的仍是一掌冷雾”。

这样 幕虽属个人生活的细节和片段，被洛夫的诗性笔触记录并保留下来，不仅是洛夫个人之幸，更是中国诗歌历史之大幸。因为它可以说是记录了中国历史的一场巨变中，对于普通人命运的影响和改变。历史在走着它曲折的道路时，有多少普通的人为之付出了何等沉重的代价，我们的后人能理解吗？

因为风的缘故

洛　夫

昨日我沿着河岸
漫步到
芦苇弯腰喝水的地方
顺便请烟囱
在天空为我写一封长长的信
潦是潦草了些
而我的心意
则明亮亦如你窗前的烛光
稍有暧昧之处
势所难免
因为风的缘故

此信你能否看懂并不重要
重要的是
你务必在雏菊尚未全部凋零之前

赶快发怒，或者发笑

赶快从箱子里找出我那件薄衫子

赶快对镜梳你那又黑又柔的妩媚

然后以整生的爱

点燃一盏灯

我是火

随时可能熄灭

因为风的缘故

这是洛夫献给夫人的一首诗，而它的成因却是一次偶然突发的停电事故。洛夫因之而获得灵感，诗坛也因此而增加了一首众口相传的优秀诗篇。

写爱情，而且是经久历练的爱情，对于众多诗人而言，或许都是一个颇具挑战意味的难题。洛夫的出人意料之处在于，他并不着笔在陈词滥调的心迹表白，反而以一种看似不经意间的行为来开始他的诉说。“漫步”“顺便”，无意中的铺垫，为的是“写一封长长的信”，而且还“潦草”；可是也不老是这样漫不经心，于是有了“而我的心意/则明亮亦如你窗前的烛光”，一下子就把情绪和专心拉回到正轨上来了。至于“稍有暧昧之处/势所难免/因为风的缘故”，则是一种内涵丰富的调侃和表达了。这些只有两人之间的微妙情节，或许他们更能心领神会了。

诗情的跌宕起伏，被洛夫掌控得极有分寸，恰到好处。“懂”或“不懂”真的不重要吗？这是洛夫设下的一个悬念，为的是让对方“以整生的爱 / 点燃一盏灯 / 我是火 / 随时可能熄灭”。温暖而又不失某些哀伤，更需要特别地珍惜啊！

人生中的许多海誓山盟，卿卿我我，只不过是漫长过程中的片段记录，尽管知道一切都“随时可能熄灭”，但是人们还是坚定执着地向死而生，而且试图活出别具韵味的精彩。

洛夫以他的生花妙笔写下的这首诗，不仅受到当代人的喜爱，也会为后人所吟诵的吧。

在孩子们中间

李 瑛

无论怎么回头
也找不到失去的童真

今天，逃出我的档案袋
　来到孩子们中间
所有的镜子
　所有的小桌小椅和手帕
　　都不认识我

来到孩子们中间
像走进春天的拂晓
　我身体的哪个骨节
　　都要发芽

一双双大眼睛和一双双大眼睛

像星星望着我
一串串又一串串透明的声音
争问：老爷爷，你是谁
他们的问候是我的甜蜜
他们的惊奇是我的苦涩
在甜蜜和苦涩里
我突然发现了艰辛中
丢失多年的自己

我和他们围坐在一起
像一片盛开的花圃
他们是一群唱着歌的小蜜蜂
他们和我拉起手摇摆着
像一个港湾
我是一只颠簸在浪里面前进的船

太阳和花香就在窗外
喧腾的生活就在窗外

转身离开他们
我嘴里仍有浓浓的
奶汁的香味

写过大量直面现实生活与讴歌激情之诗的李瑛，步入晚年之后写下的这首诗，令人为之刮目相看。

李瑛在“无论怎么回头 / 也找不到失去的童真”的感叹中，不禁对眼前那些童真投以羡慕的目光。关键在于，他在幻觉中产生了“我身体的哪个骨节 / 都要发芽”的意念。这是另一种返老还童的姿态。

作为一个有着丰富阅历的老诗人，“在孩子们中间”萌生出了许多感慨是情理之中。“他们的问候是我的甜蜜 / 他们的惊奇是我的苦涩”，却是一个老人的朴实感受，他并不希望自己成为孩子们心中景仰的英雄，他只想在他们中间重新获得一种属于老年人的新奇之思。如他们“像一个港湾 / 我是一只颠簸在浪里面前进的船”这种意念，既不失长者对幼童们的关爱，又似乎还有某种生活信念的坚持。

作为一个曾经对中国诗坛作出贡献的诗人，李瑛在每一个时段都写下了有影响的诗篇，特别是新时期的转折中，写过像《我骄傲，我是一棵树》那样激情张扬又追求艺术上创新之作，他在晚年时仍然体现了一个老诗人应有的责任感，在同孩子们的接触中产生了上述的诗性感受，值得人们永远尊重。

尽管步入暮年，他的诗笔依然充满灵性和活力，使他在精神上永远在孩子们中间。

断　线

屠　岸

一只巨大的蝴蝶
跌落在一丛树枝上
经过风吹日晒雨淋
四只翅膀销蚀了
只剩下一个框架
它曾经雄心勃勃地
向高高的天空飞翔
同绚丽的朝霞斗妍
要在碧蓝的晴空
镌刻上五彩缤纷的映象

祈求一大片白云摄去
万花筒里的图案
把斑斓的画面
展示于遥远的河外星系

但如今它的肌体销蚀了

那框架不久也将枯槁

泯逝在人们的记忆中

——可是人们记得

它挣扎着向上飞跃的时候

挣断了一根唯一的线

它便永远脱离了

那个顽皮孩子的手

也永远离开了

使它变得美丽绚烂

也使它丧失自由的

人间大地

《断线》是一幅让人遐思的画面。屠岸是一个经常会从一些具象和场景的感悟中，表现自己独特的思维方式的人。

从诗人对“只剩下一个框架”的蝴蝶风筝的描述看，他是在同情还是感叹这种处境呢？对于曾经“雄心勃勃”地向天空飞翔的风筝，落得“那框架不久也将枯槁”的下场，人们心中留下了一个疑问。它是因为“挣断了一根唯一的线”而永远脱离了享受美丽绚烂和“丧失自由的 / 人间大地”的。

那么，诗人要表达的意念，是断线后的悲惨境地，还是被这根线牵住更好呢？好像都不是的。

诗人只是在呈现一幅图像，至于它的来龙去脉，得由读者自己去联想和思考。

其实，把风筝的命运和结局，看成一种人生的风景即可，不必妄加评说。它在断线之后落得如此结局，同它始终被一根绳子牵住的所谓飞翔，其实都不是人生的理想境界。

在阅尽人间冷暖和世态炎凉之后，老诗人屠岸的心中，难免会有许多沧桑之感。在他的内心深处，其实深知被一根线牵住的风筝，无论是曾经看起来五彩缤纷的飞翔，还是断线之后的狼狈，都是一种不由自己的生命形态。

人的生命都有始有终，社会现实中的色彩缤纷的现象，在一个阅尽人间世态的老人眼中，都不过是一种场景和图像而已。至于从这种场景和图像中获得什么样的启迪，那都是各人自己的选择罢了。

向往大海

王辽生

闻涛而起舞
破浪以奔突
挽一缕昨夜长风
将忍了一生的全部歌哭
引吭尽吐
从历史流来
向未来流去
这终得心源的时空演义
于无声处
将民族悲欢日夜陈述
命运沉浮是身心洗礼
须痛饮颠簸之苦
我绝尘而去的青春谣曲
正是在一生颠簸之后
宛转复苏

是非曲直已无须回顾

也淡了功名利禄

一江秋水

正载我老而未朽的思绪

重返圣洁母腹

命运坎坷的诗人，在生命的末端吐出的心曲，饱含辛酸之余，难免有点圣洁的虚无。

王辽生的诗语，一贯保持着一种内在的力度，精炼而准确的词语运用和设置，突现了他的诗艺特色。

“闻涛而起舞 / 破浪以奔突”，读到这样的诗句，你很难想到这是一个进入暮年的诗人的心态。当然，他这可能是回顾当年的情境，而现在呢，“挽一缕昨夜长风 / 将忍了一生的全部歌哭 / 引吭尽吐”了。诗人虽然是在为自己的命运歌哭，但他的命运也是同民族的时空演义紧密相连的。只不过他在大彻大悟之后，感受到了“一生颠簸之后 / 宛转复苏”的晚景降临。这种暮年心态，是宽容的谅解，也是劫难后的抚慰。

说这种心态是一种圣洁的虚无，是因为他不再追究是非曲直，“也淡了功名利禄”，只是想着“一江秋水 / 正载我老而未朽的思绪 / 重返圣洁母腹”，这自然属于诗性的幻梦，属于另一种“临终关怀”吧。

诗人在自觉的生命意识中，简短地回顾自己一生所经历的苦难，最终以圣洁的虚无作为回报，在价值意义上，是一种更高的觉醒。“死去元知万事空，但悲不见九州同”，曾经激起多少青年人的爱国情怀，而作为一个具有现代知识的诗人，他所处的现实已经无须他关怀国家大事了。他只能以虚无面对死亡，但他的命运似乎仍然值得后来人铭记和思考。

诗人的生命价值已经在诗中实现了。

飞翔的鸽子

沈泽宜

很难相信
鸽子放飞时我如此感动
我感受到气旋
它们以优美的圆弧
风一般移动
一朵纯白的云
当我肃立广场　以一名
竞技者的身份倾听它们
翅膀搏击大气的声音
在城市上空
在四肢和头脑上空
以高度　以壮阔的飞翔
对衰弱而卑琐的人
不屑一顾

沈泽宜也是有故事的诗人。他在晚年写下的这首诗，同样是他心态的一种呈现。

从鸽子的飞翔而感受到气旋，感受到优美的圆弧，眼看它像“一朵纯白的云”，这些诗化的描述，呈现出一个老年人的青春心态。

在历经劫难后步入老年的诗人中，沈泽宜属于没有进入宽容淡然的境界的一个。从这首诗中的结尾部分，就可以看出，他前面对鸽子的种种潜语，其实只是铺垫，为了使它的飞翔，成为“对衰弱而卑琐的人 / 不屑一顾”的谴责。

人的个性无法更改，沈泽宜仍然是一个疾恶如仇的诗人。他的所有对崇高美好事物的讴歌和赞颂，都是为了衬托出卑劣小人的无耻和丑恶。

在诗中，诗人甚至直接现身，“当我肃立广场　以一名 / 竞技者的身份倾听它们 / 翅膀搏击大气的声音”，以这种姿态宣示他内在的心性。他不是旁观者，而是竞技者。老而不屈，老而仍倔，这就是他的生存姿态。

对于众多诗人在诗中所呈现出的各具风采的艺术个性，我们只能看作是一件幸事。像沈泽宜这种不服老的精神，特别是能够在诗的创作中如此坦诚地表现自己疾恶如仇的心态，应该是非常值得珍重和敬仰的。

一千个人眼中有一千个哈姆雷特是一种美好的文学现象，一个读者眼中有一千个诗人，更是一种值得庆幸的文学现象。

秋

杜运燮

连鸽哨也发出成熟的音调，
过去了，那阵雨喧闹的夏季。
不再想那严峻的闷热的考验，
危险游泳中的细节回忆。

经历过春天萌芽的破土，
幼芽成长中的扭曲和受伤，
这些枝条在烈日下也狂热过，
差点在雨夜中迷失方向。

现在，平易的天空没有浮云，
山川明净，视野格外宽远；
智慧、感情都成熟的季节呵，
河水也像是来自更深处的源泉。

紊乱的气流经过发酵，
在山谷里酿成透明的好酒；
吹来的是第几阵秋意？醉人的香味，
已把秋花秋叶深深染透。

街树也用红颜色暗示点什么，
自行车的车轮闪射着朝气；
塔吊的长臂在高空指向远方，
秋阳在上面扫描丰收的信息。

这首诗可以说是一种转折性的标志。因为它的出现，不仅引发了一场巨大的争论，还引发了“朦胧诗”一词的广泛应用。

最初批评此诗是“令人气闷的‘朦胧’”，最终却引发了人们对“朦胧美”的认同，这确实是令人始料不及的。

照诗人自己的说法：“1979 年的北京秋天，我觉得无论从哪个角度看，都特别可爱。”知道了诗人的这种心态，我们也就把握住了此诗的基本情调。诗中对于各种季节的描述，都是一种有选择的隐喻。从春到夏而后步入的秋天，是“紊乱的气流经过发酵，/在山谷里酿成透明的好酒；/吹来的是第几阵秋意？醉人的香味，/已把秋花秋叶深深染透。”对于这种化景色为感受的诗意陈述，稍具读诗常识的人也能体味到诗人内心的喜悦之情。

可是对一些习惯于禁锢和束缚的人来说，却是难以进入的情境。连“秋阳在上面扫描丰收的信息”这样的诗句，他们却只读出了“令人气闷的‘朦胧’”，由此也可看出其高下了。

《秋》的历史影响和价值，也许不一定是它自身的艺术存在所决定的。如果不是因它而引发的那场争论，它至少不会造成如此巨大的社会反响。偶然中体现必然，《秋》的产生和存在，也许再次证明了这一真理吧。

蝶恋花

忆明珠

感谢谁呢？

是神祇吧，

赐予我一朵黑色的花。

吻着它，

我才从一个天真的孩子，

突然长大。

懂得了人世

不仅仅是甜蜜，

还有苦、

　　酸、

　　辣……

（悲哀，

　是一朵黑色的花。）

如今，

神祇来清理债务了。

索还了她赐予的朱颜，

索还了她赐予的彩笔，

索还了她赐予的希冀，

以及一切甜蜜的记忆……

我但乞求她留下，

留下这朵黑色的花！

——夜太长了，

在我未告别人世之前

我不能割舍我的所爱——

人世的苦、

　　　酸、

　　　辣……

（悲哀，

　是一朵黑色的花。）

诗题取“蝶恋花”似另含深意。忆明珠写过像《唱给蕃瓜花的歌》《给我一枝花儿吧》那样一些恋花的诗，这首《蝶恋花》则有点反其意而用之的味道。“恋花”本是诗人的本性，而此诗新意，乃是“神祇”赐予的“一朵黑色的花”。

诗人好像是从单纯的“落花”情结中猛然悟出了涉及他人生命运的隐喻。“吻着它，/我才从一个天真的孩子，/突然长大。”而这种“长大”付出的代价是，“懂得了人世/不仅仅是甜蜜，/还有苦、/酸、/辣……”。

作为历经沧桑的诗人，忆明珠在反思中所呈现的精神状态，并不是线性式的觉醒，而是依然留恋和沉迷于“人世的苦、/酸、/辣……”。他祈求“神祇”，在被索还了众多“债务”之余，依然“乞求她留下，/留下这朵黑色的花！”

一般人的思维方式是，在甜蜜和苦、酸、辣的生命体验中，当然是保留前者而摒弃后者。忆明珠恰恰相反，他认定“神祇”可以索还赐予的众多“债务”，唯独对她赐予的“苦、/酸、/辣”给以保留：“我不能割舍我的所爱”。

有一句话叫作“忘记意味着背叛”。人们对于甜蜜的向往和依恋，恰恰是培养“忘记”的温床。忆明珠深悟此理，所以他在“神祇来清理债务”时，众多属于“甜蜜的记忆”都可以被收回，偏偏要祈求她“留下这朵黑色的花”，一直到他“告别人世之前”。这是不是意味着他终身将依恋这一朵黑色的花呢？

这也许正是忆明珠独到的智慧和醒悟。

乡色酒

舒　兰

三十年前

你从柳树梢头望我

我正年少

你圆

人也圆

三十年后

我从椰树梢头望你

你是一杯

乡色酒

你满

乡愁也满

写乡愁的诗难以计数，舒兰此诗的特点是简洁，明朗，突现，令人过目难忘。

短短的两节共十一行诗，时间的跨度是三十年。一个“三十年前”，一个“三十年后”，被他用两个场景简洁地呈现出来。一个是“你从柳树梢头望我”，一个是“我从椰树梢头望你”。这里的“我”是具体的，“你”则是抽象的和泛指的。诗人只有年龄上的变化，而“你”在诗人心中是没有变化的。简洁的场景呈现着孤独而无奈的心境，而心境的景观是“你圆／人也圆”同“你满／乡愁也满”的鲜明对比。

虽然诗人写的是乡愁，但并不出之以愁容的姿态，简洁的场景中却以分外明朗的笔调写出一种气氛。诗人的内心是温暖的，因为他心目中的祖国赋予他柔情蜜意，他才能在“你圆／人也圆”的回忆中饱含诗心，即使写到乡愁，他还是用“你满／乡愁也满”这种轻松的语调加以表现。一个“满”字，内涵可谓丰富。

即使是简短的诗句，一字之美也暗示着异地的风情。“柳树”与“椰树”的选择，是诗人对生存环境的有特征的呈现。诗人的家乡江苏，以柳树众多而著称，而受“月上柳梢头”之类诗句的传统影响，“柳树”也暗含着乡思之恋的意味。至于“椰树”则是南方的特征，他在“椰树梢头望你”时，想到的是“乡色酒”，他没有“借酒浇愁愁更愁”的意味，却用了一个“满”字来承载着温馨的满足。“满”是一个丰足之词，在情感的表达上就具有丰富而复杂的内涵了。

短诗也可以写得丰满，此言不假。

你曾经是我的舞伴

林　希

你曾经是我的舞伴
我们踏着水一般清澈的华尔兹舞曲
在冰一般平滑的地板上旋转
那时，我像女孩子一样羞怯
你，又比男孩子还要大胆

你曾经是我的舞伴
纷扬的彩色纸条飘下来
缠住了我们的双肩
我想把它拔开
你说：缠着吧
直到永远，永远

啊，我真悔恨
悔恨我竟把舞步踏乱

那一声声温暖的节奏
敲碎了我心上平静的水面
我多么希望那乐曲再重复演奏一次
那乐曲里有一个音符
曾把我们的心弦拨颤

而最后
那缠绕着我们的绚丽纸条终于裂断
当旋律随夜风徐徐飘散
我悔恨又为什么分别得这样仓促
竟没有来得及说一声再见
只把那一个音符
留你心中一半
留我心中一半

诗在某些时候，的确就是一种宁静中的回忆。林希写这首诗，必定是生活经历的回忆，甚至在多年中不断地回忆。它首先是一首爱情诗，其次是一首回忆爱情的诗。从诗的行文可以看出，令他刻骨铭心的，自然是彩色纸条飘下来“缠住了我们的双肩”时，他要拨开而对方却对他说：“缠着吧 / 直到永远，永远”。后来自然是人为的原因使“那缠绕着我们的绚丽纸条终于裂断”了。当诗人在经历了多年磨难之后重新回到生活的正轨时，这种回忆也许不一定宁静，但较之炼狱年代，他必定是有时间来宁静地回忆了。也正因为如此，我们才会读到这种既温馨又忧伤的诗篇。

青春时代的美好爱情被突降的风暴吹断，在林希的心灵所造成的伤害无法弥合，但是受伤的心灵依然保留着美好的回忆。林希在诗的写作过程中，围绕着跳舞的场景，写出了它的甜蜜，又写出了它的心酸。没有能够永远地缠着，却又“没有来得及说一声再见”，从此之后，只能“把那一个音符／留你心中一半／留我心中一半”。诗的这种结局，恰好留给读者无限的遐想，无奈的遗憾。

场景的片段性暗含着爱情的破裂，而情感的纠结和不能释怀，成为读者同诗人沟通心灵的通途。林希找到了这种心灵的通途，从而俘获了读者的共鸣。

苹果树下

闻　捷

苹果树下那个小伙子，
你不要、不要再唱歌；
姑娘沿着水渠走来了，
年轻的心在胸中跳着。
她的心为什么跳呵？
为什么跳得失去节拍？……

春天，姑娘在果园劳作，
歌声轻轻从她耳边飘过，
枝头的花苞还没有开放，
小伙子就盼望它早结果。
奇怪的念头姑娘不懂得，
她说：别用歌声打扰我。

小伙子夏天在果园度过，
一边劳动一边把姑娘盯着，

果子才结得葡萄那么大，
小伙子就唱着赶快去采摘。
满腔的心思姑娘猜不着，
她说：别像影子一样缠着我。

淡红的果子压弯绿枝，
秋天是一个成熟季节，
姑娘整夜整夜地睡不着，
是不是挂念那树好苹果？
这些事小伙子应该明白，
她说：有句话你怎么不说？

……苹果树下那个小伙子，
你不要、不要再唱歌；
姑娘踏着草坪过来了，
她的笑容里藏着什么？……
说出那句真心的话吧！
种下的爱情已该收获。

1955年中国诗坛出现的闻捷，绝对称得上是一股清新的气流。他的《吐鲁番情歌》所产生的影响，可以同20世纪80年代的舒婷相媲美。《苹果树下》一诗，也类似于《致橡树》。

尽管随着历史进程的前移，如今对闻捷感兴趣的人已经少而又少，可是从历史的角度看，他对诗坛的贡献还是不容忽视的。

《苹果树下》一诗，由于它在语言节奏上的轻快同情绪上的愉悦结合得“水乳交融”，所以一直被认为是闻捷的代表作。它所呈现的画面，也是很容易在读者心灵上激起共鸣和愉悦感的。

从结构上看，它的五节诗，是一个渐进的演绎过程，而每一节又集中地表现一种瞬间的心灵活动。从“你不要、不要再唱歌”，到“她的心为什么跳呵”，已经揭开了心灵互动的一幕。后面的每一节诗都是一种“跌宕”，看似婉拒和忧烦，其实却是心灵互动互应的微妙过程。随着这个过程的演绎，“种下的爱情已该收获”成为顺理成章的必然。

或者也可以说，闻捷是在以写诗的方式写短篇小说。诗可以写瞬间感受，也可以写情节过程，关键在于如何处理好结构。结构是一首诗的存在方式，通过这种存在方式可以透视它的灵魂。《苹果树下》的结构，呈现出两个年轻而美好的爱情之魂，所以造就了它的艺术魅力。

顺便说一句，闻捷后来很快被卷入了“大跃进”的诗风而自毁艺术生命，这也是当时很多诗人的悲剧命运。

上海夜歌（一）

公　刘

上海关。钟楼。时针和分针
像一把巨剪，
一圈，又一圈，
铰碎了白天。

夜色从二十四层高楼上挂下来，
如同一幅垂帘；
上海立刻打开她的百宝箱，
到处珠光闪闪。

灯的峡谷，灯的河流，灯的山，
六百万人民写下了壮丽的诗篇：
纵横的街道是诗行，
灯是标点。

对于20世纪50年代的诗人和读者而言，写“感觉”的诗绝对是少有的另类。公刘的诗在当时之所以引人注目，重要原因之一，就是他的诗在表现“感觉”上呈现了非常突出的语言特色。

此诗中“时针和分针/像一把巨剪，/一圈，又一圈，/铰碎了白天”。

当年一读到此诗，便有过目难忘的印象。把时针和分针比喻成巨剪，而且是一圈又一圈地铰碎了白天；一个“巨剪”，一个“铰碎”，在感觉上所形成的联想，真有一种令人拍案叫绝的意味。

诚然，这种比喻和联想，在当今的诗坛也许不足为奇。但那是20世纪50年代的中国诗坛，在一个充斥着标语口号的年代。公刘的这种诗歌语言的出现，不能不说是令人惊喜的。

诗不是不能歌颂，而是不能用假大空的语言歌颂。像公刘这首诗，通篇也没有什么颂词，但给人的感觉却是充满着鲜活的喜悦之情和对现实生活的挚爱。这不正是诗的濡染和渗透的精神陶冶吗？

这首短短三节共十二行的诗，每一节所呈现的场景都是从人的感觉上来写的。“夜色”的“挂下来”，“如同一幅垂帘”；“纵横的街道是诗行，/灯是标点。”这种经过诗人主观化了的感觉，表达的恰恰是诗性的现实生活。它是引导人们发现生活之美的催化剂。

这些，正是公刘诗歌的生命力之所在。

沉默的芭蕉

邵燕祥

芭蕉
你为什么沉默
伫立在我窗前
枝叶离披
神态矜持而淡漠

从前你不是这样的
在李清照的中庭
在曹雪芹的院落
你舒卷有余情
绿蜡上晴光如泼

近黄昏，风雨乍起
敲打着竹篱瓦舍
有约不来

谁与我相伴

一直到酒酣耳热

啊，沉默的芭蕉

要谈心请拿我当朋友

要争论请拿我当对手

在这边乡风雨夜

打破费尔巴哈式的寂寞

芭蕉啊，我的朋友

你终于开口

款款地把幽思陈说

灯火也眨着眼睛

一边听，一边思索

芭蕉，芭蕉

且让我暖了搁冷的酒

凭窗斟给你喝

夜雨不停话不断

孤独，不是生活

邵燕祥是一个善于把个人情怀融入时代风尚的诗人。《沉默的芭蕉》是他在历史转折的时代大潮中，偶尔流露的心灵深处的“潜秘”的心态。正是这种潜秘性，构成了它独特的诗性之美、艺术之美。

此诗给人的第一感受，必定是它的寂寞感和孤独感。基于这种寂寞和孤独感，他才试图同沉默的芭蕉进行一番对话。“从前你不是这样的 / 在李清照的中庭 / 在曹雪芹的院落 / 你舒卷有余情 / 绿蜡上晴光如泼”。我们不必细究诗人是对人还是对景抒发这种感慨，只要从中敏悟到他的心态即可。也许我们会联想到李清照的“窗前谁种芭蕉树？阴满中庭”，也许还会联想到像“君问归期未有期，巴山夜雨涨秋池。何当共剪西窗烛，却话巴山夜雨时”这样的诗。总之，一种怀旧期新的感慨会油然而生。

这正是诗人邵燕祥在潜意识中已经预感到某种巨变将降临的心态。他期待“要谈心请拿我当朋友 / 要争论请拿我当对手”，朋友也好，对手也罢，总是要进入一种互为存在的存在；而“孤独，不是生活”，这里的孤独，是一种存在的孤独，而不是我们通常所认为的那种“诗性的孤独”。邵燕祥是一个密切关注社会现实并融入其中的诗人，但是在精神领域，他又是一个难免经常处于复杂纠结的探求者。他的这种敏悟而诗性的品格，造就了他的诗中不时流露出的传统的基因。正是这种复杂的纠结，构成了这首诗独特的欲说还休的美质。

风景：涉水者

昌 耀

雨后的风景线
有多少淋漓的风景。

可也无人察觉那个涉水的
男子，探步于河心的湍流，
忽有了一闪念的动摇。

听不到内心的这一声长叹。
人们只看那个涉水男子
静静地涉过溪川
向着远方静静地走去，
在雨后的风景线消失。
静静的。

只觉得夕阳下的溪川

因这男子的涉足而陡增了几分
妩媚。

作为诗人的昌耀，其最可贵的诗性品质之一，就是即使在苦难的煎熬中，依然不失敏悟的诗心。

这首《风景：涉水者》，似乎不为一些评析昌耀诗作的人所重视。其实正是这首诗，体现了他作为诗人独具的慧眼与诗心。诗人在“雨后的风景线”中，唯独发现了一个“无人察觉那个涉水的 / 男子，探步于河心的湍流，/ 忽有了一闪念的动摇”。与其说这是发现，不如说是体察。对于人的这种内心一闪念的动摇，有的人或许视而不见，有的人甚或故意忽略，然后昌耀不仅是体察了，而且以细腻淡然的笔触描述了。他的细腻是“听不到内心的这一声长叹”，他的淡然则是当涉水者“向着远方静静地走去，/ 在雨后的风景线消失”，接着是又一个“静静的”。

生活中许许多多这样的“静静的”消失了的行为，往往被人们所忽略所轻视，其实很多巨大的心灵变化，正是在无声中演绎的。

昌耀没有在这些上面多用笔墨，也不企图给人们什么惊喜，他只是不动声色地写道：

只觉得夕阳下的溪川

因这男子的涉足而陡增了几分

妩媚。

这里的“溪川”一词，显然具有一种强烈而意蕴宽泛的象征意味，是“溪川”的风景绚丽，还是涉水者的行为“陡增了几分／妩媚”呢？这该是读者们用心灵回答的问题吧！

紫金冠

昌　耀

我不能描摹出的一种完美是紫金冠。
我喜悦。如果有神启而我不假思索道出的
正是紫金冠。我行走在狼荒之地的第七天
仆卧津渡而首先看到的希望之星是紫金冠。
当热夜以漫长的痉挛触杀我九岁的生命力
我在昏热中向壁承饮到的那股沁凉是紫金冠。
当白昼透出花环。当不战而胜，与剑柄垂直
而婀娜相交的月桂投影正是不凋的紫金冠。
我不学而能的人性醒觉是紫金冠。
我无虑被人劫掠的秘藏只有紫金冠。
不可穷尽的高峻或冷寂唯有紫金冠。

《紫金冠》已经没有了当年《划呀，划呀，父亲们！》的激情，此时的昌耀已经从热烈走向了冷凝。也许在诗人心底深处，一直就存在着和寻找着那种被命名为“紫金冠”的象征物。但是因为它的“不能描摹”尽显其“完美”的品格，在朦胧之美中又显示出多面和歧义的指向，以致昌耀本人也无法明确它究竟是何物，只能用一个“紫金冠”作为符号来给以颂扬。诗中那一系列的“紫金冠”，就是他毕生所追求但可望而不可即的精神寄托。

现在已经不太有人说昌耀的诗“难懂”了，然而并不意味着他们真正读懂了昌耀。这首《紫金冠》所呈现出的那种在“在狼荒之地”和“仆卧津渡”的困境，以及如何“在昏热中向壁承饮到的那股沁凉”，同那一系列的“紫金冠”会矛盾统一在一个意象之中，并不是那些毫无生活磨难经历的人所能够进入的。

昌耀几乎是把毕生对于生活的信念，以及他在挣扎与搏击中的种种痛苦和喜悦，倾全力集中地表达和表现在对“紫金冠”的讴歌与赞叹之中了。可以说，“紫金冠”同他的生命共存，是他生命的精神支柱。一首短短十一行的诗，“紫金冠”一词出现多达八次，这不仅是诗的内在律动的要求，更是诗人生命脉搏的剧烈跳动。从更深远的意义上说，诗人个体生命可以消失，而作为生命脉搏跳动的诗性，却是可以永存在人间，也可以转化成一切有血有肉的生命体征，融化在所有人的精神构成之中的。

相信未来

食　指

当蜘蛛网无情地查封了我的炉台
当灰烬的余烟叹息着贫困的悲哀
我依然固执地铺平失望的灰烬
用美丽的雪花写下：相信未来

当我的紫葡萄化为深秋的露水
当我的鲜花依偎在别人的情怀
我依然固执地用凝霜的枯藤
在凄凉的大地上写下：相信未来

我要用手指那涌向天边的排浪
我要用手掌那托住太阳的大海
摇曳着曙光那枝温暖漂亮的笔杆
用孩子的笔体写下：相信未来

我之所以坚定地相信未来
是我相信未来人们的眼睛
她有拨开历史风尘的睫毛
她有看透岁月篇章的瞳孔

不管人们对于我们腐烂的皮肉
那些迷途的惆怅、失败的苦痛
是寄予感动的热泪、深切的同情
还是给以轻蔑的微笑、辛辣的嘲讽

我坚信人们对于我们的脊骨
那无数次的探索、迷途、失败和成功
一定会给予热情、客观、公正的评定
是的，我焦急地等待着他们的评定

朋友，坚定地相信未来吧
相信不屈不挠的努力
相信战胜死亡的年轻
相信未来，热爱生命

作为一个在特殊的年代写下的具有标志性意义诗篇的人，食指的命运似乎同他的诗作形成了“反讽的意味”。

这种充满着理想主义和浪漫主义的情结，可以说是一种“集体无意识”存在于青年人的身上。只是食指的这首诗恰恰写在一个让人一时看不清未来的年代，而他当时才二十岁。这就构成了此诗的特殊的存在价值。

在1968年的混乱而蒙昧的年代，食指基于困惑，基于理想和展望，用相当传统的语言和表达方式，写下了他内心的迷惘和追求，通篇流露出一个热血青年的赤诚情怀。所谓“迷途的惆怅、失败的苦痛”，“轻蔑的微笑、辛辣的嘲讽”，恰恰呈现出特殊年代中各种人的精神面貌。的确，食指是一个热血青年，而他的诗性语言所给予读者的情感冲击和思想启迪，都是难以估量的。

这首诗因为传统的抒情方式和浓郁的感情表达而激起读者内心的共鸣，却又因为产生在那个令人窒息的年代而无法得到广泛的流传。当那样一个动乱的年代过去之后，人们再度阅读和欣赏它时，更增添了许多对历史的回顾和反思。而食指的个人命运的坎坷和不幸，更加强了它的诗性感染力。人们阅读的是一个民族的苦难，人们欣赏的，却是一颗赤诚的心灵在苦难中的饱受折磨，以及它的觉醒和反思的历程。

这个世界，只要人在，诗心就恒在！

回 答

北 岛

卑鄙是卑鄙者的通行证，
高尚是高尚者的墓志铭，
看吧，在那镀金的天空中，
飘满了死者弯曲的倒影。

冰川纪过去了，
为什么到处都是冰凌？
好望角发现了，
为什么死海里千帆相竞？

我来到这个世界上，
只带着纸、绳索和身影，
为了在审判之前，
宣读那些被判决了的声音。

告诉你吧，世界
我——不——相——信！
纵使你脚下有一千名挑战者，
那就把我算作第一千零一名。

我不相信天是蓝的，
我不相信雷的回声，
我不相信梦是假的
我不相信死无报应。

如果海洋注定要决堤，
就让所有的苦水都注入我心中，
如果陆地注定要上升，
就让人类重新选择生存的峰顶。

新的转机和闪闪星斗，
正在缀满没有遮拦的天空
那是五千年的象形文字，
那是未来人们凝视的眼睛。

北岛因“卑鄙是卑鄙者的通行证，高尚是高尚者的墓志铭”而获得了很少有诗人能获得的知名度。然而仔细想想，这样的诗句之所以被广泛认同，甚至被奉为真理，那是一个什么样的社会呢？显然，它只是对一个被严重扭曲了的社会现实的尖锐揭露和愤怒谴责。脱离了特定的历史背景而将之奉为圭臬，无疑是对诗的本性的背离。

《回答》所大声宣告的“我不相信”，同样是对那个被严重扭曲了的社会现实的抗争。当年因这四个字而招引来的批判和质疑，都是因为忽略了这种历史背景而产生的误读。

诗人的否定精神是建立在许多应该被否定的事物之上的。譬如他质疑：“冰川纪过去了，/为什么到处都是冰凌？/好望角发现了，/为什么死海里千帆相竞？”这其实就是肯定中的质疑，否定中的肯定。一种本应合理存在的现实却被不合理的存在所否定，这不正是社会现实的悲哀吗？本着这种思路而爆发出的“我不相信”，正是不相信这种“不合理的存在”。

只要认真地读一下此诗的后两节，即可看出诗人的本意和用心良苦。他的胸怀，他的精神高地，他对未来的期冀，他从“五千年的象形文字”中看到的“凝视的眼睛”。这一切的一切，才是促成北岛诗心深处给出的“回答”。

偏见比愚昧离真理更远，从一些人对《回答》的误读错批中，我们是不是更相信了呢？

阳光中的向日葵

芒　克

你看到了吗
你看到阳光中的那棵向日葵了吗
你看它，它没有低下头
而是把头转向身后
它把头转了过去
就好像是为了一口咬断
那套在它脖子上的
那牵在太阳手中的绳索

你看到它了吗
你看到那棵昂着头
怒视着太阳的向日葵了吗
它的头几乎已把太阳遮住
它的头即使是在没有太阳的时候
也依然在闪耀着光芒

你看到那棵向日葵了吗

你应该走近它

你走近它便会发现

它脚下的那片泥土

每抓起一把

都一定会攥出血来

“葵花朵朵向太阳”成为一段历史进程中的隐喻和象征。我不知道它的创先河者是如何从“向日葵”的自然属性中获得灵感的，但是我知道杜甫写过“葵藿倾太阳，物性固莫夺”的诗句。不过以杜甫的忠君爱国的本性而言，从中引出新的内涵，也属有所依据吧。

然而，诗人芒克对此发出了“不”的回答。芒克用他的第三只眼看到了另一种景象，他看到了向日葵“没有低下头 / 而是把头转向身后 / 它把头转了过去 / 就好像是为了一口咬断 / 那套在它脖子上的 / 那牵在太阳手中的绳索”。这第三只眼看到的，其实是一种“虚在”，更确切地说是一种感觉，一种超验。芒克正是以这种感觉和超验在“解构”某种观念。

向日葵从自在之物变成了自觉之物，似乎暗示着什么。它会怒视着太阳，会把太阳遮住，而且即使在没有太阳时“也依然在闪耀着光芒”。从自在到自觉的过程，其实是付出了沉重代价的。

因为在“它脚下的那片泥土 / 每抓起一把 / 都一定会攥出血来”。

《阳光中的向日葵》写出的，其实是整整一代人的精神历程。

从食指，到北岛，再到芒克，他们的诗完整地表现了一代人的精神变化和求索的过程。在经历了这些历史进程的那一代人之后的后继者们会怎么样呢？

致太阳

多　多

给我们家庭，给我们格言
你让所有的孩子骑上父亲肩膀
给我们光明，给我们羞愧
你让狗跟在诗人后面流浪

给我们时间，让我们劳动
你在黑夜中长睡，枕着我们的希望
给我们洗礼，让我们信仰
我们在你的祝福下，出生然后死亡

查看和平的梦境、笑脸
你是上帝的大臣
没收人间的贪婪、嫉妒
你是灵魂的君王

热爱名誉，你鼓励我们勇敢

抚摸每个人的头，你尊重平凡

你创造，从东方升起

你不自由，像一枚四海通用的钱！

诗人笔下的太阳可谓是难以胜数，而多多的这种“致太阳”的方式，应该说还是有他的独特之处的。

在一系列的“致我们”的赐予中，有格言，有光明，有羞愧，等等。但与此同时，太阳也具备“没收”的品格。它“祝福”我们“出生然后死亡”，也“没收人间的贪婪、嫉妒”，它还“热爱名誉”，“鼓励我们勇敢”，最后是它“抚摸每个人的头”，“你尊重平凡 / 你创造，从东方升起 / 你不自由，像一枚四海通用的钱”。

这样完整的叙述过程，似乎揭示出此诗的流水账式的平庸，然而我们必须从中读出它貌似平庸的不平庸。

世界上有许多我们朝夕相见的事物，甚至是我们须臾难以离开的东西。太阳就是其中之一。多多之所以在一系列的“给我们”中，连“狗跟在诗人后面流浪”也算上，连“在黑夜中长睡，枕着我们的希望”的须臾不可离开的品质也赋予了它。可是在最后，他却用“从东方升起 / 你不自由，像一枚四海通用的钱”的谐谑语气，告别了可敬可贵又有点可怜的太阳。

多多笔下的太阳，同许多诗人笔下的太阳不那么一样，他是从平淡中写出了它的可敬可贵的品质，它的人们须臾难以离开的必要性，但这一切不都是大自然的现象吗？它的那么多的所谓崇高的品质，是不是人们赋予它的？当它也不自由升起时，成了一枚四海通用的钱，就呈现出它之被虚妄的真相了。

神　奇

严　力

不把鸟关起来

就能把鸟叫声关进笼子里

这种怪异的事情

已在很多个朝代发生过

尽管如此神奇

但还是没搞清楚

集权与上帝的无所不能

并没有继承关系

同时更不知道

很多叫声不是鸟

而是笼子发出来

严力是一个极其善于从社会现象中敏悟和提升诗性感受力的人。《神奇》就具有这种诗性的魅力。

社会现象斑斓驳杂，但是在某些事物上，有时会呈现出某种惊人的相似性。在日常的交往中，我们会接触许多身份不同的人，其中不仅文化层次不同，社会地位各异，可是当谈及某些问题时，会发现他们的表述方式 ，具有惊人的一致性。这种一致性究竟是如何形成的，令人百思难解。他们并未在同一单位学习训练，他们都是自由的公民，可话语方式却惊人的一致。大概是这种现象，启发了严力的诗性思考。

诗歌阅读给人的启悟，往往就是因为诗人以具象的呈现而引发的联想。像“不把鸟关起来 / 就能把鸟叫声关进笼子里”，其实在事实上是办不到的。可是为什么“能把鸟叫声关进笼子里”又让人读来感到如此真实可信呢？

诗人在最后写下的结句是“很多叫声不是鸟 / 而是笼子发出来”的，这已经是经过抽象化了的结论。

鸟发不发声其实已经不重要了，因为笼子已经取代了一切，所以许多鸟的声音，只不过是笼子的代身。

读像严力这样的诗，能让我们反思自身的存在，究竟是一具鲜活的生命，还是徒具生命形式的发声物？

我想拂去花朵的伤痕

林　莽

我总想拂去花瓣上轻微的伤痕
轻轻采摘那些微微泛黄的叶子
让美好的事物更加纯粹

也许因此我是个诗人
把理想放在最高的地方
不但欣赏而且实践
那些卑鄙的人在你四周暗藏杀机
他们为自己阴暗的心理
伸出了肮脏的手
他们让我知道一些美好的事物必然受到伤害
但我依然如故
用毕生的努力成为一个完美的人

林莽的诗的基调，就是一种清澈中的朦胧，信念坚持中的忧心如缕。这其实也是他的人生姿态。“我想拂去花朵的伤痕”，有点像他的人生宣言，只不过以意象之喻来宣示罢了。

我们读一些优秀诗人的诗篇，往往会在想象中形成对这些诗人的印象。像林莽的这首诗，结合他大量其他的诗作，我们就会想象他是一个维护生活中美好事物的人。

在抒情的方式上，他没有太多的现代性的形式上的追求，但是在诗的思想意识和情感形态上，他又是一个同时代前进的步伐紧密相连的人。他对社会的维护，就是对美好事物的珍惜，他的内心时刻想到做这些事情的动因，“也许因此我是诗人”。读这些诗句，我们不会感到有多少矫情的成分。所谓诗如其人，在林莽身上是特别完美体现的。诚然，林莽不是没有看到生活中那些阴暗的东西，可是他并不想以金刚怒目式的方法和手段来对付它们。他想用维护美好事物的行动来回答那些“卑鄙的人”。作为诗人，他只能“依然如故 / 用毕生的努力成为一个完美的人”。

有各种各样的诗和诗人，也会有不同的读者。对于远逝的诗人，我们读他们的诗或许会隔膜些，也宽宥些；而对于同时代的诗人，我们一定会近距离地感受他们诗中那种人性呈现和社会氛围，因此也会有更直接的批评。对于林莽的这首诗，我们不会因为它的直露的语言方式而嫌弃，反而会感到更加亲切和温暖。这就是诗的当代性因素在起着决定性作用。

法王寺，与古柏

马新朝

力和魂魄，在钟声里
荡漾，复活，上升
大殿前，有着某种神示
从人的角度看，从黄昏的角度看
古柏更像黑色的峭壁
握在神的手中。我读着你
作为一个人，一个肉体，一个
短暂的生命，我读着你
你不要有优越感，我小小的心脏里
也住着神的气息，并经过
无数次的闪电刀劈
也像这个黄昏般陡峭
我与你，只是不同的存在方式
和表达方式，我不要你
三千年，或两千年的高龄

我只要你：树干和枝叶的和谐

以及站立在人间的姿势

中国的寺庙往往与古柏联系在一起。马新朝写此诗，可能是因为见多了这种现象，当他沉思这种现象时，终于得出了一个自己的判断和结论："古柏更像黑色的峭壁 / 握在神的手中。"他当然是有感而发，或许还另有所指。

苍松翠柏，早已经成为中国人对生命形式的一种礼赞，它们的自然生命特征就是"长寿"，可是还有一种内在的气节，就是孤傲和骨气，却往往被人们忽略了。马新朝大概在潜意识中已经对这种被忽略的品格感到不安。当一种圣洁之物被"握在神的手中"时，它也会异化为粗笨的陈列。

当马新朝以"一个人，一个肉体，一个 / 短暂的生命"面对古柏时，他不禁发出了自己内心的"优越感"。他让古柏不要有优越感，就是表达自己作为有"神的气息"的生命，无论在存在方式和表达方式上，都不亚于它。

"我不要你 / 三千年，或两千年的高龄 / 我只要你：树干和枝叶的和谐 / 以及站立在人间的姿势"。最终呈现在诗人笔下的古柏的风貌，固然是他心目中景仰的品格。但是细想一下，他在前面写到的"更像黑色的峭壁 / 握在神的手中"时，其实他对这种品格的被异化，已经有了警惕。所以他才在这里特别强调了它的“和谐”与“站立在人间的姿势”。

自然之物也是一种生命形式，但人不仅是生命形式，更有感情、思想和意志，从自然之物的某些特性出发，借之以寄托和表达人的思维方式，这也是诗的借物寄情或托物言志而已。

回头是岸

子　川

你面前是一片汪洋
而水在沸腾，舟将倾圮

回头吧，风这么说，浪这么说
还有熟悉的帆樯
也这么说

身后是近在咫尺的岸
大树下，系着一根古旧的缆绳
似乎已生了根

这时的炊烟很贤良
像温馨女子，守在远处
小心地纺织平安

把舵的手

却执意不肯返航

它想看看走近的死亡

是什么模样

“回头是岸”，你要不要回头？子川这首诗好像在提问，他的回答则是：不想回头。

如果一首诗就是这么简单地演绎其逻辑，也就意味着诗性的丧失。

其实子川在进入诗人的角色时，他首先想到的是对诗境的营造。所以他呈现的场景是，“你面前是一片汪洋 / 而水在沸腾，舟将倾圮”，面对这样的险情，“风”和“帆樯”都在说“回头吧”。与此形成对比的，则是身后近在咫尺的岸，古旧的缆绳和贤良的炊烟，也是一种温柔的召唤。

子川所描述的这种场景，具备生活的真实和想象的艺术，它试图突现的是一种生存中的困境。

当然，从俗世的观点看，安全第一，生命珍贵，要选择是十分容易的。可是诗毕竟不是行动指南，它要表现的是人的精神世界和心理状态。所以他诗中的“把舵的手 / 却执意不肯返航”，为什么？只是“想看看走近的死亡 / 是什么模样”。

人都是向死而生的，但从不知死究竟是什么模样。一个人死了之后还知道死是什么模样吗？诗人似乎进入了一个“无解”的圈套。

如果一定要对这首诗表达的意图进行揣摩的话，恐怕只能说，他不是真的想看到死亡是什么样，而是让人在面对风险时，保持必要的镇定与坚守。死亡了就一切休息，一旦战胜了风景，也许就辟出一片新的辽阔海域。

远方的船只

张洪波

最初的远方

只是一个小小的点

那个点在游动

不知不觉中

它大了　它是一只船

它游着　在空荡的水面

可它一直在远方

即使看清了它

也无法断定

它会游到哪里去?

似乎和岸没有什么关系

它缓慢地在远方游着

仿佛不会有什么进展

“孤帆远影碧空尽，唯见长江天际流”，这深入人心的诗句，引发的是一幅无限辽阔的联想。张洪波在潜意识深处，可能已经把它化为自己的一种寄托方式。

他笔下的“远方”以及那“一个小小的点”，成为他稚气心灵的最初呈现。“不知不觉中 / 它大了　它是一只船 / 它游着在空荡的水面”，这种描述方式，有点像是一种理想的逐步显现，又有点像是人的自身成长的过程。

张洪波不是试图以诗说教的人，他并没有写这只船如何与风浪搏击最终到达光辉的目的地。反之，他的这只船只是一直在远方，而且你也不知道“它会游到哪里去”。

普通人的生存方式没有那么多的惊涛骇浪，用随波逐流来表达他们的生活态度，或者更接近真实。张洪波就是这样来写他的平民之诗的。

耐人寻味的还在于，这只船“似乎和岸没有什么关系 / 它缓慢地在远方游着 / 仿佛不会有什么进展”，为此纯客观地来写这只船，一只象征着某种生命形态的船，好像是同有些人的诗观大相径庭了吧。

不过，有丰富生活经历和体验的人，也许不会如此简单地看这种所谓的“纯客观”。它或许隐藏着某种大彻大悟之后的淡然呢！人生从无知到有知，从单纯到复杂，许多从内心深处体察的经验阅历，都不是能够直接言说的。我们就从张洪波这一只船的身上，体味一些更深层次的人生哲理吧。

自画像

韩作荣

我是粗糙的，我的瞳仁已经生锈
　　让世界变得斑驳，泪水
　　　　都带有生铁的腥味
粗粝的目光，看你一眼
　　都会在肌肤上留下血痕
一张铁青的脸、冰冷的脸
　　羁留着岁月的辙印
　　　　和永远洗不去的风霜
我是肮脏的，指甲一样坚硬的思想
　　　　藏污纳垢
　　　　　　即使剪去它们
　　　　又会偷偷长出来
我想洗刷自己
　　可我无法洗去欲望和焦虑
一个泥做的人，被水浸润

永远也无法净洁

我是卑劣的，纵然我不想扯谎

可我隐藏和逃避

不想道貌岸然，但却胆怯、虚弱

我的心跳来跳去

血管已捆不住心脏

自然，我也是高傲的

我的骨头坚硬，可以碎裂、绝不弯曲

我肮脏的血肉，宁可交给火焰

也不留给蛆虫

诗人以赤诚的告白，向读者展示自己的精神面貌，属于一种相互的交流。一般来说，读者是通过读诗人的诗达到了解其精神状态的，而像韩作荣这样直接坦露胸怀者，尚属少数。

韩作荣以一幅“粗糙”的自画像将自己呈现在读者面前，似乎别具滋味。他特别强调了“瞳仁已经生锈”而导致“泪水／都带有生铁的腥味”。都知道眼睛是心灵的窗户，诗人的泪水竟然带有生铁的腥味，他的心灵所受到的创伤，自然可以想象。

这首诗的切入方式之独特，一方面是从诗人自己的眼睛落笔，接下来却是“粗粝的目光，看你一眼／都会在肌肤上留下血痕”。真的有这么可怕吗？这得由读者自己悉心体味了。是诗人的目光中历经沧桑给你留下了血痕，还是你的身体受不了这种逼视而造就的血痕呢？

诗人似乎在处处有意地贬责自己，达到得出“我是肮脏的”这个结论的目的。其实“肮脏”一词别具意味。“指甲一样坚硬的思想”是对“肮脏”的诠释吗？从“藏污纳垢”到想“洗刷自己”，从“无法洗去欲望和焦虑”，到“永远也无法净洁”，与其说是自责，不如说是自省。

诗人就这样在读者面前呈现自己赤裸的灵魂，让读者在感受其内心的焦虑和不安中，达到了同他一道步入人生审视的境界。

当然，诗人的最终表白才是他灵魂的真谛：“我也是高傲的／我的骨头坚硬／可以碎裂、绝不弯曲／我肮脏的血肉／宁可交给火焰／也不留给蛆虫”。所谓的卒章显志，大概就是诗人这种自白的艺术效应了。

看不见的波动

吉狄马加

有一种东西，在我
出生之前
它就存在着
如同空气和阳光
有一种东西，在血液之中奔流
但是用一句话
的确很难说清楚
有一种东西，早就潜藏在
意识的最深处
回想起来却又模糊
有一种东西，虽然不属于现实
但我完全相信
鹰是我们的父亲
而祖先走过的路
肯定还是白色

有一种东西，恐怕已经成了永恒

时间稍微一长

就是望着终日相依的群山

自己的双眼也会潮湿

有一种东西，让我默认

万物都有灵魂，人死了

安息在土地和天空之间

有一种东西，似乎永远不会消失

如果作为一个彝人

你还活在世上！

诗人的遐思冥想是无数优秀诗篇的精神沃土。吉狄马加以他的诗性感受写下的《看不见的波动》，不仅呈现了他精神状态的灵性，同时引领读者进入自己的精神审视和想象飞翔。

阅读他的这首诗，切切不要追问“有一种东西”是什么“东西”。因为这是诗人自己也无法回答的“东西”。读这首诗的人所触到、获得的“东西”，也许并不是，或者肯定不是诗人心目中的“东西”。“在血液之中奔流”，“早就潜藏在／意识的最深处”，“安息在土地和天空之间”，诸如此类的东西是什么？恐怕每个人的感受和认知都是不同的。

吉狄马加的诗性智慧在于，他不断地展示自己的感受，触及的却是一种“虚在”。虚在不是不在，而是在而不可即，但极具魅力，令人向往追求。世间的许多事物，凡属物质性的，均有可能获得实物，唯有精神性的东西，总是可望而不可即，因而更显得珍贵，更值得珍惜。把“看不见的波动”作为一种“东西”来感受，正是吉狄马加在诗艺上的“引而不发”的张力所在。

这首诗具备广阔的联想空间，它似乎在表现和表达一种对人生的信念，又像是在肯定一种生存的价值和追求目标。对生命现象的种种追问和探究，形成了它的某种神秘性。它在肯定“有一种东西”的存在的同时，又让人难以把握这种“东西”的具体形态。如果你是一个有智慧的读者，你会从自身的生活经历中寻找它的存在；当你获得了这种存在意识，你也就把握住了它的精神实质。这就证明了诗性开始植入你的脑际，生长，开花，结果。

我看见转世的桃花五种

陈　超

一

桃花刚刚整理好衣冠，就面临了死亡。
四月的歌手，血液如此浅淡。
但桃花的骨骸比泥沙高一些，
它死过之后，就不会再死。
古老东方的隐喻。这是预料之中的事。
年轻，孤傲，无辜地躺下。
纯洁的青春，在死亡中铺成风暴。

二

如果桃花是美人，我愿意试试运气。
她掀起粉红的衣衫，一直暴露到骨骼。

我目光焚烧，震动，像榴霰弹般矜持——
在最后时刻爆炸！裸体的桃花重又升起
挂在树梢。和我年轻的血液融为一体。
但这一切真正的快乐，是我去天国途中的事。

三

我离开桃林回家睡觉的时候，
园丁正将满地的落英收拾干净。
青春的我一腔抱负，意兴遄飞。
沉浸在虚构给予的快乐中。
我离开床榻重返桃林的时候，
泥土又被落英的血浸红。千年重叠的风景。
噢，我噙着古老的泪水，羞愧的，忠贞的。
看见喑哑的桃花在自己的失败中歌唱。

四

唉，我让你们转世，剔净他们的灰尘。
风中的少女，两个月像一生那么沧桑。
木头的吉兆，组成“桃”。一个汉字，或伤心。

铺天盖地的死亡，交给四月。
让四月骄傲，进入隐喻之疼。
难道红尘的塔楼上，不该供奉你的灵魂?
你的躯体如此细薄，而心灵却在砺石中奔跑。

五

五月，大地收留了失败，
太阳在我发烧的额头打铁。
埋葬桃花的大地
使我开始热爱一种斗争的生活!

乌托邦最后的守护者——
在离心中写作的老式人物，
你们来不及悔恨，来不及原谅自己；
虚构的爱情使你们又一次去捐躯。

而这是预料之中的事：
桃花刚刚整理好衣冠，就面临了死亡；
为了理想它乐于再次去死，
这同样是预料之中的事。

具有诗评家和诗人双重身份的陈超，是中国诗坛的奇才。他的壮年离世，实是中国诗坛的大损失。

他写于1990年的这首诗，不仅体现了他的生命价值观，而且在某种程度上成为他生命的谶语。“桃花刚刚整理好衣冠，就面临了死亡”，虽然因生命之短暂而惋惜，可是从“刚刚整理好衣冠”这一短语中，我们是否也读出了一种神秘的诗语意味呢？“古老东方的隐喻”，“年轻，孤傲，无辜地躺下”，这种对桃花生存姿态和死亡结局的描述，诚然是陈超对生命形式的期冀，也暗示着他对自身生命理想的追求吧。

这首一共五节的诗，从五个侧面写出了他“看见”的桃花的“转世”。但是我们无处不感受到他是在“自喻”，是寄托着他对自己命运的抒写。他想同桃花“融为一体”，“但这一切真正的快乐，是我去天国途中的事”。他还“看见喑哑的桃花在自己的失败中歌唱”，感叹“你的躯体如此细薄，而心灵却在砺石中奔跑”，他终于在再次感叹之余，写下“为了理想它乐于再次去死，/这同样是预料之中的事”。如果我们把诗中的桃花，置换成诗，也许就把陈超对“她”或“它”的赞叹、迷恋、追求、景仰等复杂的思绪，组构成一幅诗人与诗之间的复杂而斑斓的水彩画面了。

《我看见转世的桃花五种》，写下的时间距离陈超离世长达十五年，而它的谶语式的内涵，恰恰证明了，在陈超的整个生命过程中，诗是他生命的追求，诗也是他的生命本身。

中国，我的钥匙丢了

梁小斌

中国，我的钥匙丢了。

那是十多年前，
我沿着红色大街疯狂地奔跑，
我跑到了郊外的荒野上欢叫，
后来，
我的钥匙丢了。

心灵，苦难的心灵，
不愿再流浪了，
我想回家，
打开抽屉、翻一翻我儿童时代的画片，
还看一看那夹在书页里的
翠绿的三叶草。

而且，

我还想打开书橱，

取出一本《海涅歌谣》，

我要去约会，

我向她举起这本书，

作为我向蓝天发出的

爱情的信号。

这一切，

这美好的一切都无法办到，

中国，我的钥匙丢了。

天，又开始下雨，

我的钥匙啊，

你躺在哪里？

我想风雨腐蚀了你，

你已经锈迹斑斑了。

不，我不那样认为，

我要顽强地寻找，

希望能把你重新找到。

太阳啊，

你看见了我的钥匙了吗？

愿你的光芒，
为它热烈地照耀。

我在这广大的田野上行走，
我沿着心灵的足迹寻找，
那一切丢失了的，
我都在认真思考。

在直抒胸臆的意义上，此诗可以说表达得淋漓尽致。这也是它在历史转折时期，以较为传统的抒情方式，表达了一种反思情结，同时又较为容易获得人们共鸣的心声，因此也产生了比较广泛的影响的缘故。

这首诗的抒情方式，究其脉络，易于引起人们的共鸣。它从一开始的“中国，我的钥匙丢了”，就深入人心地触发人们的好奇心，什么“钥匙”丢了呢？继而呈现出的就是十多年前的疯狂的奔跑、欢叫，后来是苦难的心灵不愿再流浪了；等觉悟到想打开书橱读《海涅歌谣》时，终于意识到“中国，我的钥匙丢了”。为什么这种个人的经历使他意识到“中国，我的钥匙丢了”呢？恰恰是看起来的“个体”遭遇变成了“国体”的失落，增强了它的悲剧内涵。事实上，也是因为整整一代青年从疯狂到觉醒的历程，呈现了一个国家误入的灾难性歧途。

梁小斌的颇具孩童气的口吻，激发着人们对这一代人的同情，他的觉醒，又似乎意味着我们这个民族未来的希望。因此这首诗在当年获得了广泛的赞赏。

作者后来似乎有点悔其少作的意味，这其实是没必要的。哪怕他后来有了更为深刻的认识和反思，都不能否定这样的“少作”。因为它尽管还是童心，可正如马克思说过的，一个人不能因为老了就失去对童年的爱心和关怀。生命是一个过程，没有一生下来就成熟的智者。更何况他的童心中还显示出智慧呢？

在昌平的孤独

海　子

孤独是一只鱼筐
是鱼筐中的泉水
放在泉水中

孤独是泉水中睡着的鹿王
梦见的猎鹿人
就是那用鱼筐提水的人

以及其他的孤独
是柏木之舟中的两个儿子
和所有女儿，围着诗经桑麻沅湘木叶
在爱情中失败
他们是鱼筐中的火苗
沉到水底

拉到岸上还是一只鱼筐

孤独不可言说

海子众多为人所知的诗，或昂奋，或深情，或玄奥，或模棱两可。此诗则冷静地陈述，更像是一个人站在生活的边缘地带冷眼旁观着人生世相。

或许这正是他身处昌平时期的一种精神写照。但是我们从诗中，的确读出了海子内心深处的悲凉。

“孤独是一只鱼筐 / 是鱼筐中的泉水 / 放在泉水中”，这样的开场白，以一种人们难以想象的比喻呈现出孤独的似有若无。所谓的“竹篮打水一场空”的俗谚，已经把“空”表述得形象至极，而海子却有意地把“鱼筐中的泉水 / 放在泉水中”，使这种孤独似乎生存在融洽的环境中，这是不是在某种程度上暗示着他的生活状态呢？

孤独的人并非没有理想和希望，而海子正要把“睡着的鹿王”的美梦粉碎，使“提水的人”成为“猎鹿人”。孤独者的理想成为一场空之后，海子似乎不再有更多的耐心来言说了，所有的身外之物，都成了“鱼筐中的火苗”，一直“沉到水底”。

诗人终于无奈地见到：“拉到岸上还是一只鱼筐”。从而得出“孤独不可言说”的结论。

海子的诗，从各种不同层面抒写了他的精神层面的复杂内涵，也因此而成为一个值得人们不断言说的诗人。《在昌平的孤独》不像他另外有些诗那样广为人知，但它的存在，对于人们研究其精神现象的根源，是有着重要参考价值的。作为一首诗，它语言简约，表达精炼，耐人深思，是海子留给世界的一份珍品。

我是一个任性的孩子

顾　城

也许
我是被妈妈宠坏的孩子
我任性

我希望
每一个时刻
都像彩色蜡笔那样美丽
我希望
能在心爱的白纸上画画
画出笨拙的自由
画下一只永远不会
流泪的眼睛
一片天空
一片属于天空的羽毛和树叶
一个淡绿的夜晚和苹果

我想画下早晨
画下露水所能看见的微笑
画下所有最年轻的
没有痛苦的爱情
画下想象中
我的爱人
她没有见过阴云
她的眼睛是晴空的颜色
她永远看着我
永远，看着
绝不会忽然掉过头去

我想画下遥远的风景
画下清晰的地平线和水波
画下许许多多快乐的小河
画下丘陵
长满淡淡的茸毛
我让它们挨得很近
让它们相爱
让每一个默许
每一阵静静的春天的激动
都成为
一朵小花的生日

我还想画下未来
我没见过她，也不可能
但知道她很美
我画下她秋天的风衣
画下那些燃烧的烛火和枫叶
画下许多因为爱她
而熄灭的心
画下婚礼
画下一个个早早醒来的节日——
上面贴着玻璃糖纸
和北方童话的插图

我是一个任性的孩子
我想涂去一切不幸
我想在大地上
画满窗子
让所有习惯黑暗的眼睛
都习惯光明
我想画下风
画下一架比一架更高大的山岭
画下东方民族的渴望
画下大海——
无边无际愉快的声音

最后，在纸角上
我还想画下自己
画下一只树熊
他坐在维多利亚深色的丛林里
坐在安安静静的树枝上
发愣
他没有家
没有一颗留在远处的心
他只有，许许多多
浆果一样的梦
和很大很大的眼睛

我在希望
在想
但不知为什么
我没有领到蜡笔
没有得到一个彩色的时刻
我只有我
我的手指和创痛
只有撕碎那一张张
心爱的白纸
让它们去寻找蝴蝶
让它们从今天消失

我是一个孩子

一个被幻想妈妈宠坏的孩子

我任性

对于顾城这位诗人的命运和结局，其悲剧性对人们的启迪，也许不是三言两语能说清的。历史地看他，这首诗应该具有很重要的参考价值。它记录的，正是这样“一个任性的孩子”的心迹。

在纯真而任性的孩子的心灵中，想“让所有习惯黑暗的眼睛/都习惯光明”。他也曾经写过“黑夜给了我黑色的眼睛/我却用它寻找光明”这样为人称道的警句。

我们只要看他在诗中所列举的那些场景和内心愿望，便可触摸一颗纯真善良的少年诗人火热的心灵。然而我们也不能不同时看到，这颗跃动的心灵不太安分，他会在时而冒出的意念中，透示着某种内心的恶。“但不知为什么/我没有领到蜡笔/没有得到一个彩色的时刻/我只有我/我的手指和创痛/只有撕碎那一张张/心爱的白纸/让它们去寻找蝴蝶/让它们从今天消失”，这种看似无意间透露出的得不到就毁掉它的潜意识，或许就是后来他所演绎的人生悲剧的潜在因素。

作为一个历史人物，顾城将来在中国诗坛的地位，或许需要给以恰当的定位。但是从他的身上，我们的确可以找到一些研究诗人心理历程和心态变化的参照的。

诗人的心理结构的复杂性，一直是吸引人们关注的现象，但是像顾城这样原先善良而追求美好的人，为什么会走上后来那条道路，它有什么必然性和偶然性吗？他的任性，也在成长过程中被赋予了不同的质地吗？

河 流

于 坚

在我故乡的高山中有许多河流
它们在很深的峡谷中流过
它们很少看见天空
在那些河面上没有高扬的巨帆
也没有船歌引来大群的江鸥
要翻过千山万岭
你才听得见那河的声音
要乘着大树扎成的木筏
你才敢在那波涛上航行
有些地带永远没有人会知道
那里的自由只属于鹰
河水在雨季是粗暴的
高原的大风把巨石推下山谷
泥巴把河流染红
真像是大山流出来的血液

只有在宁静中

人才看见高原鼓起的血管

住在河两岸的人

也许永远都不会见面

但你走到我故乡的任何一个地方

都会听见人们谈论这些河

就像谈到他们的神

读于坚的诗，一方面因为他的“大白话”而感觉缺少诗性和诗意，另一方面又总会领悟到这些“大白话”后面隐藏着真正的诗性和诗意。这也许就是多年来他的诗得以在诗坛广受好评的一大原因。《河流》就是这样一首“大白话”的诗。

于坚笔下的河流，就是“在我故乡的高山中有许多河流”，完全一幅写实的质朴语言的画面。这些河流“在很深的峡谷中流过 / 它们很少看见天空”，叙述中没有什么暗示和隐喻。等到你一直顺畅地读下去，读到“有些地带永远没有人会知道 / 那里的自由只属于鹰……”，读着读着，你似乎在进入他的诗境的同时，慢慢地会联想起一些属于你自己的生活经历和回忆。读到“只有在宁静中 / 人才看见高原鼓起的血管”，你终于领悟到了一些什么。然而这还不是诗的结局，直到“住在河两岸”的那些“也许永远都不会见面”的人，在“谈论这些河 / 就像谈到他们的神”

时，“河流”的存在也同时会在你的心目中成为“神”。

本来于坚好像是在呈现一幅封闭荒凉的自然景象，在静寂中默默奔腾的河流，那么的远离喧闹，与世隔绝，可是在那些因河流相隔而也许永远都不会见面的人口中，它都是“神”一般的存在。生存在现代文明的社会中，人们同样也许永远都不会见面，但有几个人会想到河流在他们心目中的地位呢？

于坚的诗，就是这样语不惊人地呈现在你的面前，在娓娓而谈的过程中，让你感受甚至享受到一种对人生的感悟而且不得不折服。

在哈尔盖仰望星空

西　川

有一种神秘你无法驾驭
你只能充当旁观者的角色
听凭那神秘的力量
从遥远的地方发出信号
射出光来，穿透你的心
像今夜，在哈尔盖
在这个远离城市的荒凉的
地方，在这青藏高原上的
一个蚕豆般大小的火车站旁
我抬起头来眺望星空
这时河汉无声，鸟翼稀薄
青草向群星疯狂地生长
马群忘记了飞翔
风吹着空旷的夜也吹着我
风吹着未来也吹着过去

我成为某个人，某间

点着油灯的陋室

而这陋室冰凉的屋顶

被群星的亿万只脚踩成祭坛

我像一个领取圣餐的孩子

放大了胆子，但屏住呼吸

西川此诗具有一种优美的诱惑与引导的魅力，它让人产生联想，进入幻境，即使在孤独的状态中依然保持精神上的充实和丰富。

“仰望星空”成为我们时代的一种奢侈而稀缺的行为，尤其证明了它的预言式的诗性表达的生命力。

人在身处僻地而孤独时，往往需要精神力量的支撑才能度过。所谓“有一种神秘你无法驾驭”，就是这种精神现象的具现。西川在诗中特别写到“在这个远离城市的荒凉的／地方”，就是为了突现这种具体环境下的精神超越。

西川以他独到的敏锐感悟，把一些细枝末节写得生动。在“河汉无声，鸟翼稀薄”的环境下，“青草向群星疯狂生长”，这一句看似自然景物的描写，其实隐含着耐人寻味的社会现象。诗人的敏悟性，是一种对社会现象的融化于内心的无所不在的“对应物”的感知。尽管西川写的是“在哈尔盖仰望星空”，他给予读者的感受和联想，却是无所不在的“仰望星空”的姿态。

由于呈现了这种瞬间存在的感受并赋予了它辽阔的想象空间，使诗性的表达成为极具独特性的场景。西川这种对“哈尔盖”的艺术呈现，甚至可以说是继承和强化了当年海子在“德令哈”对“姐姐”的倾诉，使一种个人情怀的表达转化成极具历史感悟的胸襟。

由此我们似乎更能领悟到，一首具有创新性的诗歌，其沿袭和发展是何等的引人深思。

玻璃工厂

欧阳江河

1

从看见到看见，中间只有玻璃。

从脸到脸

隔开是看不见的。

在玻璃中，物质并不透明。

整个玻璃工厂是一只巨大的眼珠，

劳动是其中最黑的部分，

它的白天在事物的核心闪耀。

事物坚持了最初的泪水，

就像鸟在一片纯光中坚持了阴影。

以黑暗方式收回光芒，然后奉献。

在到处都是玻璃的地方，

玻璃已经不是它自己，而是

一种精神。

就像到处都是空气，空气近乎不存在。

2

工厂附近是大海。
对水的认识就是对玻璃的认识。
凝固，寒冷，易碎，
这些都是透明的代价。
透明是一种神秘的、能看见波浪的语言，
我在说出它的时候已经脱离了它，
脱离了杯子、茶几、穿衣镜，所有这些
具体的、成批生产的物质。
但我又置身于物质的包围之中，
生命被欲望充满。
语言溢出，枯竭，在透明之前。
语言就是飞翔，就是
以空旷对空旷，以闪电对闪电。
如此多的天空在飞鸟的躯体之外，
而一只孤鸟的影子
可以是光在海上的轻轻的擦痕。
有什么东西从玻璃上划过，比影子更轻，
比切口更深，比刀锋更难逾越。
裂缝是看不见的。

3

我来了，我看见，我说出。

语言和时间浑浊，泥沙俱下，

一片盲目从中心散开。

同样的经验也发生在玻璃内部。

火焰的呼吸，火焰的心脏。

所谓玻璃就是水在火焰里改变态度，

就是两种精神相遇，

两次毁灭进入同一永生。

水经过火焰变成玻璃，

变成零度以下的冷峻的燃烧，

像一个真理或一种感情

浅显，清晰，拒绝流动。

在果实里，在大海深处，水从不流动。

4

那么这就是我看到的玻璃——

依旧是石头，但已不再坚固。

依旧是火焰，但已不复温暖。

依旧是水，但既不柔软也不流逝。

它是一些伤口但从不流血，

它是一种声音但从不经过寂静。

从失去到失去：这就是玻璃。

语言和时间透明，

付出高代价。

5

在同一工厂我看见三种玻璃：

物态的，装饰的，象征的。

人们告诉我玻璃的父亲是一些混乱的石头。

在石头的空虚里，死亡并非终结，

而是一种可改变的原始的事实。

石头粉碎，玻璃诞生。

这是真实的。但还有另一种真实

把我引入另一种境界：从高处到高处。

在那种真实里玻璃仅仅是水，是已经

或正在变硬的、有骨头的、泼不掉的水，

而火焰是彻骨的寒冷，

并且最美丽的也最容易破碎。

世间一切崇高的事物，以及

事物的眼泪。

《玻璃工厂》是一首极具存在感的诗，它的叙述性特征，把一种“过程”写得出神入化。

这首诗的“关键词”，就是第三节中的始句：“我来了，我看见，我说出。”诗人在诗的开始时说：“从看见到看见，中间只有玻璃。”这是一种存在感，玻璃中的看见，是一种视觉中的透明，却是触觉上的隔膜。但是欧阳江河似乎有意地要提醒人们：“从脸到脸/隔开是看不见的”，“在玻璃中，物质并不透明”。把这样一种存在感展示在读者面前，只是诗人有意识的提醒。他的诗性呈现和表达，其实具现在全诗的整个过程之中。

从对“玻璃工厂”的整体呈现，到对制造玻璃的环境、材料和生产过程的描述，欧阳江河的艺术指向只是在营造和烘托环境氛围。他的具性的笔触，或者是抽象的陈述，不过是为了完成一次总体意象的营造。由此我们可以贸然地判断，“玻璃工厂”就是这个总体意象。

生活在“玻璃工厂”中的人，以及发生在这个工厂中的种种细枝末节，或者是人与人之间的关系，从总体上呈现了现代人的一种存在关系。从石头变成玻璃，从水变成玻璃，乃至成为玻璃之后的“正在变硬的、有骨头的、泼不掉的水”，或者是“火焰是彻骨的寒冷”，“最美丽的也最容易破碎”，诸如此类的“现象”，是否道出了现代人生存中的复杂纷纭又色彩斑斓的存在之谜呢？

一座无比神奇令人叹为观止的“玻璃工厂”，就这样呈现在我们面前！

有关大雁塔

韩　东

有关大雁塔
我们又能知道些什么？
有很多人从远方赶来
为了爬上去
做一次英雄
也有的还来做第二次
或者更多
那些不得意的人们
那些发福的人们
统统爬上去
做一做英雄
然后下来
走进这条大街
转眼不见了
也有有种的往下跳

在台阶上开一朵红花

那就真的成了英雄——

当代英雄

有关大雁塔

我们又能知道什么？

我们爬上去

看看四周的风景

然后再下来

一首颠覆人们诗歌欣赏习惯的诗，不管人们对它的价值判断存在何等的分歧，它的存在就是一种价值。

在一个极力试图从存在的事物中寻找意义、拔高思想的文化氛围和环境中，许多普通人的日常感受都会被任意地拔高。大雁塔诚然是一个可以借题发挥的历史建筑，也的确有不少诗人为之献过颂歌。可是韩东却一反常态地写下了他的《有关大雁塔》。在他“有关大雁塔 / 我们又能知道些什么”的陈述中，就透露出一个普通人对大雁塔的常态认知。在一般的人眼中，它就是一个历史建筑，即使去游览，也不会深究它的历史意义和文化价值。在登高远望之时，或许也会有那“做一次英雄”的瞬间豪情，仅此而已。这就是常态。韩东以颇具反讽意味的笔触写“有种的

往下跳 / 在台阶上开一朵红花 / 那就真的成了英雄——/ 当代英雄”，然而又有多少人愿做这样的英雄呢？

韩东是一个热心于还原生活本真面目的诗人，所以从他的诗里很难发现所谓豪情壮志和热血沸腾之类的情和境。“我们爬上去 / 看看四周的风景 / 然后再下来”，完成一个普通人的生活状态。

这就是生活，这也是生命，在这种客观冷静的陈述中，你是否在它的深处，发现有一双凝神沉思的眼睛在看着你呢？！

帕斯捷尔纳克

王家新

不能到你的墓地献上一束花
却注定要以一生的倾注，读你的诗
以几千里风雪的穿越
一个节日的破碎，和我灵魂的战栗

终于能按照自己的内心写作了
却不能按一个人的内心生活
这是我们共同的悲剧
你的嘴角更加缄默，那是

命运的秘密，你不能说出
只是承受、承受，让笔下的刻痕加深
为了获得，而放弃
为了生，你要求自己去死，彻底地死

这就是你，从一次次劫难里你找到我
检验我，使我的生命骤然疼痛
从雪到雪，我在北京的轰响泥泞的
公共汽车上读你的诗，我在心中

呼喊那些高贵的名字
那些放逐、牺牲、见证，那些
在弥撒曲的震颤中相逢的灵魂
那些死亡中的闪耀，和我的

自己的土地！那北方牲畜眼中的泪光
在风中燃烧的枫叶
人民胃中的黑暗、饥饿，我怎能
撇开这一切来谈论我自己？

正如你，要忍受更疯狂的风雪扑打
才能守住你的俄罗斯，你的
拉丽萨，那美丽的，再也不能伤害的
你的，不敢相信的奇迹

带着一身雪的寒气，就在眼前！
还有烛光照亮的列维坦的秋天
普希金诗韵中的死亡、赞美、罪孽

春天到来，广阔天地裸现的黑色

把灵魂朝向这一切吧，诗人
这是幸福，是从心底升起的最高律令
不是苦难，是你最终承担起的这些
仍无可阻止地，前来寻找我们

发掘我们：它在要求一个对称
或一支比回声更激荡的安魂曲
而我们，又怎配走到你的墓前?
这是耻辱！这是北京的十二月的冬天

这是你目光中的忧伤、探询和质问
钟声一样，压迫着我的灵魂
这是痛苦，是幸福，要说出它
需要以冰雪来充满我的一生

写作中常有“借他人酒杯，浇自己块垒”一说，王家新此诗，可以说是借他人命运，审自身存在之作。

帕斯捷尔纳克的杰出而悲怆的一生，已经成为人们心目中的一座丰碑。他的命运遭遇，指控了文化专制主义对人的心灵与人格的粗暴残害，成为文化专制主义扼杀人类优秀文化的典型例证。王家新借此以自审，具有深刻的警示意义。“从一次次劫难里你找到我/检验我，使我的生命骤然疼痛/从雪到雪，我在北京的轰响泥泞的/公共汽车上读你的诗”，这是一种存在中的启示和警醒。读诗已经不是一种简单的阅读行为，而是一次灵魂的觉醒和超度。

对于外来资源的借用和借鉴，向来是我们在改革开放的文化举措中极其有效的助力。王家新此诗的影响力，正是基于对异域文化现象的审视和反思而引发的共振和共鸣。文化影响无国界，从类似的现象中找到他山之石借以攻玉，正是有觉悟的先行者给自己民族引入的宝贵意识资源。诗人对于从苏联，从普希金到帕斯捷尔纳克的这种历史陈述和思辨，无疑获得了广大中国诗人的认同与赞扬，才使得此诗在我们的诗界产生了巨大的影响。

无论何时何地，我们都不会重蹈闭关锁国的错误，在历史的任何进程中，我们都将永远铭记那些曾经为人类精神积极向上而作出贡献并为之牺牲的杰出人物！

旷野美学

余 怒

火车疾驰时所见的旷野，
有着恋爱的意味。三两株杨树，
展开遂成杨树林——如同我
在语言中感受你。在天黑之初，
感受晚风是一种物质，头伸到车窗外，
看到天空由蓝变紫，而后我
希望自己是世界。可能每个人
都有这么想的时候，
称自己有一颗椋鸟的心。

诗人眼中展开的旷野，忽然变成了恋爱的场景。这是一种突发性的感受，也是一种在火车疾行中生发的情致。

然而余怒似乎并不想依这种灵思就此终止，他是诗人。所谓

“三句不离本行”是也，在对“三两株杨树，/展开遂成杨树林”的幻觉中，他回到了诗人的身份：“如同我/在语言中感受你。”这个“你”，不是具体的人，而是一种存在。

有一种说法叫作“从小我到大我”，好像这个“大我”就可以代人的身份发声了。余怒在表现自己的心态转变时，也有点像是从小我到大我的意味。不过他的由小而大是心灵世界的转变：“看到天空由蓝变紫，而后我/希望自己是世界。可能每个人/都有这么想的时候，/称自己有一颗椋鸟的心。”在瞬息的幻想中，诗人在感受心胸开阔、意志飞扬之际，忽而反讽式地嘲弄了一下自己。所谓人同此心，心同此理，也无须大惊小怪。

诗人的心性就是这样，眼见为实，心想为虚。余怒只是在火车疾驰中突发式地想了下，写下来就成为一首耐人寻味的诗了。

像这样的诗，其实也是我们古代诗人经常命笔的。“李白乘舟将欲行，忽闻岸上踏歌声”之类，不就是即兴式的灵感吗？不过余怒是现代人，他的处境和联想，较之古人要多了一点现代意味。他能够在自身胡思乱想时，立即转而嘲弄一番，也算是现代人的自知之明吧。

神女峰

舒　婷

在向你挥舞的各色花帕中
是谁的手突然收回
紧紧捂住了自己的眼睛
当人们四散离去，谁
还站在船尾
衣裙漫飞，如翻涌不息的云
江涛
　　高一声
　　　　低一声

美丽的梦留下美丽的忧伤
人间天上，代代相传
但是，心
真能变成石头吗
为眺望远天的杳鹤

而错过无数次春江月明

沿着江岸
金光菊和女贞子的洪流
正煽动新的背叛
　　与其在悬崖上展览千年
　　不如在爱人肩头痛哭一晚

如果说舒婷的《致橡树》曾经以一种独立的人格暗示其在爱情观念上的“新思维”的话，那么这首《神女峰》，则是更为彻底的对传统的爱情忠贞观的挑战。

有关“神女峰”的传说，不管是巫山云雨，还是化为鹊桥，乃至望夫成石，总是同忠贞的爱情有关的。而且在我们民族的集体无意识中，也似乎对这种忠贞观一贯地持之以恒。舒婷恰恰在她的瞬间观照中，猛然发现“在向你挥舞的各色花帕中”，存在着一种令人心痛的愚痴。她顺理成章地质疑：“心／真能变成石头吗／为眺望远天的杳鹤／而错过无数次春江月明”。当这种质疑成为一种时代洪流时，“新的背叛”自然会形成新的时尚。

也许，“与其在悬崖上展览千年／不如在爱人肩头痛哭一晚”会成为一种新型的爱情宣言？其实，舒婷在这里所宣誓的，并不仅仅是一种对情欲的追求，更是一种新型的思想觉醒。曾经左右和支配过我们的许多观念，往往以一种伪崇高的方式在蛊惑并愚弄着我们。就像被称为“神女”的山峰，她的无穷无尽的期望，哪怕是望眼欲穿，又何曾等待到情人的归来？她的“神女峰”的形象却千年万年地屹立在那里，试图勉励后人。始终做这种无意义无未来的期待。而它的最终结局不过是告诉人们：人性是不重要的，偶像能够代表一切。

一切有人性的人，能够认同此理吗？

变老的时候

李　琦

变老的时候，一定要变好
要变到所能达到的最好
犹如瓜果成熟，焰火腾空
舒缓地释放出最后的优美
最后的香与爱意
最后的，竭尽全力

变老的时候，需要平静
犹如江河入海，犹如老树腰身苍劲
回望来路，一切已是心平气和
一切已选择完毕
再无长吁短叹，双手摊开
左手经验丛生，右手教训纵横

变老的时候，犹如名角谢幕

身姿谦和，自信在心

眼角眉梢，深藏历练后的从容

幕帷垂落，丝竹声远

一切已是过眼云烟

只有尊严的光芒，闪耀在日暮时分

变老的时候，是起身回到儿童

看起来未必鹤发童颜，而内心里却趋向坦率而纯真

我们已经变老，而世界依然年轻貌美

一切都是循环往复，婴儿在啼哭

而那收留过我们笑容和泪水的人间

又一场轮回，正在声色里进行。

李琦的诗始终关注的是人在这个世界上的生存价值，从《冰雕》到《变老的时候》，她寻求的是一种合乎她理想的生存方式。

读《变老的时候》，我们看到了一个老人在步入晚年之后的心态。提纲挈领的开门见山就是："变老的时候，一定要变好"。话虽简单，做到不易。李琦的诗显然具有自勉的意味，她的真诚是造就其诗的魅力之源。

一个人从青年时代的奋斗到老年之后的宽容厚道，是他书写自己生命过程的履历表。步入老年之后的困惑在于，他对许多事

已经有心无力，而潜在的危机还在于，因为思维方式的固化而趋于保守，甚至还于无意中造成对新生事物的抵触和反抗。所以李琦不断地提醒要平静，要甘于谢幕，甚至希冀“回到儿童”。这些自然都属劝勉之词。

但是我们从她的种种劝勉中，又似乎读出了她内心深处的潜在之言辞。她是一个时刻把自己的生命存在同社会的进程紧密联系的人。她虽然知道“我们已经变老，而世界依然年轻貌美”的道理，可是认为“那收留过我们笑容和泪水的人间 / 又一场轮回，正在声色里进行”。这“又一场轮回”究竟意味着什么，也许是有待历史来证明的。

不过话说回来，一代人有一代人的命运，不必囿于陈规陋习，也不必杞人忧天，把我们一生的命运做一次完善的了结就算不枉此行了。

柠檬黄了

傅天琳

柠檬黄了
请原谅啊，只是娓娓道来的黄

黄得没有气势，没有穿透力
不热烈，只有温馨
请鼓励它，给它光线，给它手
它正怯怯地靠近最小的枝头

它就这样黄了，黄中带绿
恬淡，安静。这种调子适宜居家
柠檬的家结在浓荫之下
用园艺学的话讲：坐果于内堂
它躲在六十毫米居室里饮用月华
饮用干净的雨水
把一切喧嚣挡在门外

衣着简洁，不懂环佩叮当
思想的翼悄悄振动
一层薄薄的油脂溢出毛孔
那是它滚沸的爱在痛苦中煎熬
它终将以从容的节奏燃烧和熄灭
哦，柠檬
这无疑是果林中最具韧性的树种
从来没有挺拔过
从来没有折断过
当天空聚集暴怒的钢铁云团
它的反抗不是掷还闪电，而是
绝不屈服地
把一切遭遇化为果实

现在，柠檬黄了
满身的泪就要涌出来
多么了不起啊
请祝福它，把篮子把采摘的手
给它
它依然不露痕迹地微笑着
内心像大海一样涩，一样苦，一样满

没有比时间更公正的礼物

金秋，全体的金秋，柠檬翻山越岭
到哪里去找一个金字一个甜字
也配叫成果？也配叫收获？人世间
尚有一种酸死人迷死人的滋味
叫寂寞

而柠檬从不诉苦
不自贱，不逢迎，不张灯结彩
不怨天尤人。它满身劫数
一生拒绝转化为糖
一生带着殉道者的骨血和青草的芬芳

就这样柠檬黄了
一枚带蒂的玉
以祈愿的姿态一步步接近天堂
它娓娓道来的黄，绵绵持久的黄
拥有自己的审美和语言

有过在果园工作的经历的傅天琳，终于找到了她自身生活经历的“对应物”——柠檬，在此诗中灌注了她的感情和思绪。“只是娓娓道来的黄 // 黄得没有气势，没有穿透力 / 不热烈，只有温馨”，这几句开场白式的诗句，似乎暗喻着诗人的性格和志趣。

诗人在一生的创作中，总会或多或少地把自己的生活经历、感情脉络、思想志趣隐藏在其诗中。有时候是分散于诸多诗作中，有时候则较集中地写在一首诗中，寄托自己的理想和追求。傅天琳此诗，我以为是属于后者的。

作为诗人的傅天琳，她虽然不属于大红大紫的人，但始终写着属于温馨与热爱生活的诗篇。

她之所以找到了柠檬作为性格寄托的“对应物”，显然是在长期的生活积累中默然地践行着一种韧性顽强的精神所致。“从来没有挺拔过 / 从来没有折断过”，有自勉，也有励志，这种纯朴的生活态度，表达的就是一种正直的人格品位。

诗人的写作，未必就完全是一种自喻，但是在有的诗人那里，自喻性是其明显的特征。但是，一个诗人的创作，如果完全不显露他的性格和志趣，则必定是一种虚伪的写作。我们曾经阅读过的许多假大空的所谓的诗，其实就是隐瞒真性情的产物。而在阅读傅天琳的这首诗时，却感到分外的亲切。

真诗与假诗的区别即在此。

独白

翟永明

我，一个狂想，充满深渊的魅力
偶然被你诞生。泥土和天空
二者合一，你把我叫作女人
并强化了我的身体

我是软得像水的白色羽毛体
你把我捧在手上，我就容纳这个世界
穿着肉体凡胎，在阳光下
我是如此炫目，使你难以置信

我是最温柔最懂事的女人
看穿一切却愿分担一切
渴望一个冬天，一个巨大的黑夜
以心为界，我想握住你的手
但在你的面前我的姿态就是一种惨败

当你走时，我的痛苦
要把我的心从口中呕出
用爱杀死你，这是谁的禁忌？
太阳为全世界升起！我只为了你
以最仇恨的柔情蜜意贯注你全身
从脚至顶，我有我的方式

一片呼救声，灵魂也能伸出手？
大海作为我的血液就能把我
高举到落日脚下，有谁记得我？
但我所记得的，绝不仅仅是一生

《女人》这组诗在中国诗坛造成的影响，甚至可以称为一个事件。《独白》是《女人》中的 首。翟永明作为女性诗人，她诗中突现的黑夜意识，对女性内心世界的委婉陈述和展示，引起了令人刮目相看的效应。选取此诗作为范例，是因为它的“狂想”和“魅力”，它的“泥土”和“天空”。

翟永明不是一个“女权主义”者，而是一个温柔婉约的“女性意识”的呈现者。她把男人的“捧在手上”视为“容纳这个世界”的前提，感到“在阳光下／我是如此炫目，使你难以置信”，并且宣称“我是最温柔最懂事的女人”，自然，当她宣称自己在男人面前，“我的姿态就是一种惨败”时，或者已经萌生出一种复杂而微妙的心境。

从“最温柔最懂事的女人”到“以最仇恨的柔情蜜意贯注你全身”，其中的过程微妙而曲折，但她内心世界的变化，或许已经预示着“我有我的方式”的悄然矗立。

翟永明的诗中呈现出的女性意识，从一种具有依赖性的温柔婉约而悄然萌生“我有我的方式”，过程的演绎和演变具有多种方式，但在翟永明的笔下，这是一个女人内心世界走向独立和广阔的趋势，而不是变得狭隘和封闭的归宿，这正是她的宽厚和豁达的人格所使然。人们尊重她的这种变化，理解她的这种抉择，所以读她的有关“女人”的诗，不会产生对“女权”的警惕和戒备，而只是期待一种对新的融洽之路的寻求。

这也许就是翟永明被认为是具有强烈女性意识的诗人而又不被看成一味张扬“女权”的诗人的缘故吧。

镜子的魔术

伊　蕾

你猜我认识的是谁
她是一个，又是许多个
在各个方向突然出现
又瞬间消隐
她目光直视
没有幸福的痕迹
她自言自语，没有声音
她肌肉健美，没有热气
她是立体，又是平面
她给你什么你也无法接受
她不能属于任何人
——她就是镜子中的我
整个世界除以二
剩下的一个单数
一个自由运动的独立的单子

一个具有创造力的精神实体
——她就是镜子中的我
我的木框镜子就在床头
它一天做一百次这样的魔术
　　你不来与我同居

这是组诗《独身女人的卧室》中的第一首。伊蕾是20世纪80年代出现在中国诗坛上的优秀诗人之一，她也是呈现鲜明的女性意识的标志性诗人。

《镜子的魔术》的诗题，已经暗示着一种对“本我”的存在方式的多视角审视。

虽然从“五四”文化运动时就已经有对男女平等、反对歧视女性的提倡，但在我们古老的土地上，真正实现这一切仍然存在现实的障碍。20世纪80年代的思想解放运动，使女性有了更广阔的视野。许多女性诗人，似乎更多地从审视自身的存在方式来解放自己。“性解放”成为一个热门的诗歌话题。伊蕾的诗，成为一种标志，一个热门话题。她笔下的“镜子”中的“我”，也是一个“魔术”中的“我”，说穿了就是她是不断变形中的人。

以历史的眼光看待伊蕾的这些诗，固然有很大的突破的勇气，但仍然是在表达“一个自由运动的独立的单子／一个具有创造力的精神实体”这种老生常谈的话题上。不过她对“变形”的表现，的确是切入了人性中的复杂和丰富的内涵的。伊蕾的诗，应当还是属于雅中之俗，她对男女间性爱的陈述，大抵以旁敲侧击的方式呈现，并不像唐亚平的《黑色洞穴》那样明目张胆地露骨描写。

伊蕾的《独身女人的卧室》，在新时代的诗歌史上留下了鲜明的痕迹，作为一个优秀的女性诗人，她在呈现女性感情的丰富性和复杂性上，有着自己独特的贡献。

这就很不简单了。

喜鹊只沿着河岸飞

王小妮

那只喜鹊不肯离开水。

河有多长

它的飞行就有多长。

负责报喜的喜鹊

正划开了水

它的影子却只带来坏消息。

好和坏相抵

这世上已经没有喜鹊

只剩下鸟了。

黑礼服白内衣的无名鸟

大河仰着看它滑翔。

人间没什么消息

它只能给鱼虾做个信使。

连一只喜鹊都叛变了
我看见叛徒在飞
还飞得挺美。

这是一只永远的喜鹊，也是一种文化的象征。王小妮此诗写得隐晦，写得含蓄，但它会被一些人认为不知所云。

喜鹊未必“不肯离开水”，它也不一定“河有多长 / 它的飞行就有多长”。这些都是王小妮“强加”给它的。她写的本来就不是生物学定义上的喜鹊。

这只文化的喜鹊，倒的确是“河有多长 / 它的飞行就有多长”的。只是因为“负责报喜的喜鹊”，“它的影子却只带来坏消息”，好坏相抵，它成了一只鸟。这鸟不是喜鹊，它成了好坏相抵的中性物。中性的鸟既不能带给人世间什么消息，就只能在河流上空滑翔，“给鱼虾做个信使”了。

这是喜鹊的不幸，还是鸟的悲哀？无解。

王小妮的犀利，却是出之以戏谑的场景的。

“连一只喜鹊都叛变了”，那只飞翔的鸟，不管它飞得多么美，又有什么欣赏价值呢？

或许可以把王小妮这首诗称为寓言诗，但它是写给成人看的寓言。

鲁迅写过一篇《立论》，说是给一富人的新生儿庆贺，有人说，这个小孩大富大贵之相，受到了一阵恭维；另一人则说，这小孩将来会死的，遭了一阵痛打。说假话者得恭维，讲真话的受暴打，那么该如何说呢，只能这么说了：这小孩，嗯，哼哼，哈哈。这是鲁迅当年的讥讽。如今我们读到了王小妮笔下这只鸟，大概也能领悟到类似的机智。不过，鸟的飞翔，还是挺美的。不如耐心地欣赏它吧。

人把自己搞得是越来越复杂了

荣 荣

人把自己搞得是越来越复杂了
言行的杂草底下隐藏无数动机的根须
一条条欲望舞蹈的绳子
这总让我无所适从
我宁愿像一滴最不起眼的水
消失在雨街上
为此我常常收到各种忠告
有声的或无声的
善意的或嘲讽的
“要像动物一样生存！”
“不要再纠缠爱情！”
或者“忘掉别人，为自己
活着。”时光之水被苦难洗得混浊
谁看到了水底的波澜
我一再沉湎于简单的娱乐

在进一步下坠之前

死抓着最后一点朴素的理想！

这首诗的题目很不诗意，但它的内涵很有诗意。

荣荣是一个很善于表现自己内心感受的女性诗人。她的诗，有时候会在欲纵情时突然地出现“休止符”，使人联想翩翩。

此诗中“言行的杂草底下隐藏无数动机的根须 / 一条条欲望舞蹈的绳子 / 这总让我无所适从”，或许就是她的诗中经常出现“休止符”的原因。

人生存在这个世界上，除了正常的人际社会关系，还有一个复杂而微妙的男女之间的关系，并因此而产生出无数的情诗。男女之间未必一定只有爱情关系，荣荣所写到的“各种忠告”，“不要再纠缠爱情”，可能就是她诗中经常涉及而又回避不了的主题之一。

她终于在这首诗中把“人把自己搞得是越来越复杂了”直白地点明，有慨叹，也有试图简化它的意味。不过，我们还是从她诗的结尾：“谁看到了水底的波澜 / 我一再沉湎于简单的娱乐 / 在进一步下坠之前 / 死抓着最后一点朴素的理想”，可以读出她无奈中的坚持，也让人不得不进一步深思，这种“死抓着”究竟能坚持多久呢？

诗人其实是一个精神困境的受害者，也是它的表现者。许许多多存在于人们思想和内心深处的情感纠结，诗人把它们写出来，不是他们找到了什么解决问题的良方，他们只是在提醒和告诫人们，让更多的人寻求一种适合自己生存的方式而已。

回答

代薇

我爱上生活中的一切事物
然而是以决裂
而不是以同流
是以审视
而不是以颂扬去爱的
在眼泪平庸的年代
我选择做一个无情的人
希望我写下的诗
都不受人喜爱
不随便让别人感动是一种道德
"在孤独中，一个人要像一支队伍"
糟糕的时候有能力
喊自己一声亲爱的
我从不曾崩溃瓦解
因为我从不曾完好无损

此诗虽与北岛诗同题而有异曲同工之妙，但回答的问题上，北岛偏于公共话语，代薇则立足私人立场。

作为女性诗人，代薇早期与后期的诗情致迥异。当下的代薇，其语言方式的干脆利落，决绝而深含心曲，使她的诗透示出若干的雄性气概。“我爱上生活中的一切事物 / 然而是以决裂 / 而不是以同流 / 是以审视 / 而不是以颂扬去爱的”，这些正话反说或反话正说，似乎隐含着诗人对“一切事物”都已经审视透彻，在任何正面或反面的事物中，她都具有了辩证的眼光，思考的能力。

从她的诗中，我们还能读出一种饱经沧桑后的醒悟的意味。她的冷中其实是隐含着热的。不过她不想被表面假象所蒙骗，而力图在现象与本质间作出清醒的判断。

拿自己说事是从私人立场的角度切入话题而已，并不是真实地贬低自己。“希望我写下的诗 / 都不受人喜爱”，真的会有诗人这样对待读者吗？当然不会。她其实有更丰富的言外之意，那就是“不随便让别人感动是一种道德”。这里的“感动”一词，显然是虚情假意故作姿态。想想我们曾经读过的那些表面上让人“感动”的诗，便不难理解她的隐曲表达意味着什么。

都说人在精神上是孤独的，但内心的孤独并不意味着他们的无助，而是他们要感知到，“在孤独中，一个人要像一支队伍”。读懂了此句，便读懂了代薇诗心的真谛。

大海无穷尽的跳荡……

西　渡

……大海无穷尽的跳荡
在深夜和黎明的悬崖上
在正午的浪峰上
用一生的虚掷表明它的固执

它涌起，给宇宙上紧发条
命令空间变得柔软
它退下，收回物质的诺言
让时间恢复弹性

释放云朵，它让鸟飞翔
让植物走上陆地，学会思考
它潜进人的胸腔，经历恋爱的苦恼
在动物和植物的性中拥抱

在坚硬的岩石上，它摔碎自己

又默默捡回，重新变得完整

它热爱，一场永动的游戏

日月，它的转机，它的轴心……

西渡终于在一种现实的自然景观中，通过内心的联想和思考，赋予了这首诗以博大辽阔的诗性空间。

当我们读到“大海无穷尽的跳荡”，“用一生的虚掷表明它的固执”时，脑际会浮现出平凡事物中所蕴含的深邃哲理。同时也会很自然地反视自己人生经历中某些切身的体验。这就是一首成功的诗作从一开始就吸引读者的因素。在“无穷尽的跳荡”同“一生的虚掷表明它的固执”联系在一起时，自然会触发人们对价值的思考和判断。“跳荡”与“虚掷”和“固执”意味着什么？许多人的人生经历是不是就这样“虚掷”和“固执”下去？

在接下来的两节诗中，西渡把现实景观中的种种现象，写得亲切而意趣横生。柔软，诺言，弹性，飞翔，思考，苦恼，拥抱等词语，因包含生活感受而使“大海”的形象生动丰富起来。

诗人的敏悟和心灵世界的丰富，使得西渡从大海身上悟出了深邃而永恒的真理，它的启迪性远胜许多虚假空洞的道理。

最后也许需要简单地提及此诗前后的两个省略号，这也许是对世界的“从哪里来到哪里去”的一种诗性的表达吧。

被词语找到的人

张执浩

平静找上门来了
并不叩门，径直走近我
对我说：你很平静
慵懒找上门来了
带着一张灰色的毛毯
挨我坐下，将毛毯一角
轻轻搭在我的膝盖上
健忘找上门来了
推开门的时候光亮中
有一串灰尘仆仆的影子
让我用浑浊的眼睛辨认它们
让我这样反复呢喃：你好啊
慈祥从我递出去的手掌开始
慢慢扩展到了我的眼神和笑容里
我融化在了这个人的体内

仿佛是在看一部默片
大厅里只有胶片的转动声
当镜头转向寂寥的旷野
悲伤找上门来了
幸存者爬过弹坑，铁丝网和水潭
回到被尸体填满的掩体中
没有人见识过他的悔恨
但我曾在凌晨时分咬着被角抽泣
为我们不可避免的命运
为这些曾经以为遥不可及的词语
一个一个找上门来
填满了我
替代了我

诗人在生命的过程中，不时会反顾和审视自身的心态，其实也是对自己的生存状态做一些价值判断。张执浩选择了平静、慵懒、健忘这样一些纯属个人的现象，在陈述中呈现了一个普通人的生命历程。他在看似不经意间，把对生命的个体性感悟，忽然“慢慢扩展到了”另一个空间。“我融化在了这个人的体内／仿佛是在看一部默片”，“当镜头转向寂寥的旷野／悲伤找上门来了”。就这样，张执浩以看似轻松的笔触，完成了一次对生命的沉重审视。

诗人也是普通人，如果谈他区别于一般人，或许就是在内心因为对于生命的敬畏而不时地要做一些生命价值的思考。张执浩所抒写的那些生命过程中的体味，唯有“当镜头转向寂寥的旷野”这一转折，在诗人把个体生命感受转向“旷野”视界时，我们读出了“悲伤”一词的内涵。他的悲伤在于领悟到，原来除了诸如平静、慵懒、健忘这样一些生命现象，还存在着“幸存者爬过弹坑，铁丝网和水潭／回到被尸体填满的掩体中”这样一些残酷的生存场景。较之这样一些生存现象，那些为琐碎的个人感受所充斥的生命状态，颇有一点无地自容的意味。

死亡是每一个人不可避免的命运，不要以为它是遥不可及的，它也许会在某一瞬间降临。向死而生是诗人必须面对的课题，只是在回答这个命题时，诗人的心态应该是有现实感和分寸感的。

此刻不是任何时候

莫　非

此刻不是任何时候。此刻我要搭上一片树叶
一片树叶跟一条船并无瓜葛。此刻我乘风而来

要相信，风可以直接给一片树叶一棵树的力气
可以到很高的地方。你在风中无须任何摇摆

一片树叶经过四季足够结实，足够开花和收获
足够你掌握。大海和航行从来不怕暗流奔突

一片树叶和大海在一条路上。就像你和星辰
在一根马鞍藤上不断生长。木兰和玉兰的叶子

不由分说。谁能把一片树叶的两面交代清楚
就像叶脉那样，给一棵树印在一片树叶的背后

此刻，恐怕风声在荒野的灌木中徐徐前行

恐怕我早已醒来，看树叶却看见你梦一般降临

对于“诗有什么用”这个问题，莫非此诗可能是从反面进行了最好的回答。它证明诗是无用的。当然，这只是实用意义上的“用”。

都说诗人善于胡思乱想，莫非的诗也证明了此说之无误。诗题为《此刻不是任何时候》，已经点明了这是诗人进入一种不可重复的情境之中。只要细读全诗，人们就会体味到他的那些玄思冥想，实在有点匪夷所思。诗中所涉及的那些具象之间，本身并没有什么联系，它们完全是因为诗人的想象而被纠缠在一起的。读完全诗，你似乎感觉诗人完全是说了一通废话，一无所得。可是你要是再仔细深入地思考一番，又似乎感到他的那废话不废，而是蕴含着许多人生哲理在里面的。所谓可以意会而难以言传的人生体悟，“看树叶却看见你梦一般降临”，是一种“悟”的方式。这种“悟”没有具体的对象，但又具备透视生活现象的启迪。这也许就是诗之无用中之有用的道理。

“此刻不是任何时候”，意味着它的“此刻”的标志性特征，但是诗中的“此刻”，当它被阅读者进入之后，却成了每一个读者的“任何时候”。诗的耐人寻味之处，诗所产生的联想的魅力，会引导任何一个能进入它的情境之中的人，产生许多奇妙的遐

思冥想，从而提高对生活现象的感悟能力，增加对事物的思考能力。所谓诗的艺术魅力和永恒的生命力，不就是这样形成和造就的吗？

熄 灭

潘洗尘

一盏灯　从我的身后
照耀经年
我总是抱怨她的光亮
经常让我　无所适从
无处遁形

现在　她在我的身后
熄灭了　缓缓地熄灭
突然的黑　一下子将我抓紧
我惊惧地张大嘴巴
却发不出声

写瞬间感受的诗，往往会产生一种震撼的效果。潘洗尘此诗，写的似乎是一种瞬间感受，却是因有长期的感受积累才会有这种瞬间的感受。原因在于，他的前一节诗写了“一盏灯”的“照耀经年”，使他“无所适从”，“无处遁形”，只是在她“熄灭”，又是“缓缓地熄灭”之时，他才被这“突然的黑”吓住，“惊惧地张大嘴巴／却发不出声”。

这样一首看似纯属个人生活感受的诗，给予读者的阅读感受，除了可以理解为诗人在生命途程上遇到了某些困境和不幸，又似乎可以引发读者自身的回顾。

因为在现实生活中，每一个人都难免会遇到某种状况，是自己身处其间却不以为然甚至感到是累赘的事物，可是在失去它时，却猛然间感到了它的可贵，甚至是不可或缺的。然而，“熄灭”既至，悔之莫及，只能是张大嘴巴却发不出声了。

潘洗尘写过《六月，我们看海去》那样热情奔放的诗，随着年岁的增长，生活阅历和生命体验已大大地不同了。读《熄灭》这样的诗，似乎又不是纯个人生命感受所能涵盖得了的。当人们把他的“照耀经年”的感受，放在更悠久辽阔的历史背景中领悟时，仍然可以读出另一种历史感同个人经验相碰撞的特别意味。

这大概颇有一点作品一旦投入社会，它的意义就不一定是作者所能掌控得了的意味吧！

丝 缕

——致扬州

朱 朱

从地平线上伸出一只手掌
就可以托起你，盆景般的城市，
你太小，几处绿荫就能遮蔽天空，
太慢，几条街只适合晚年的散步。
你的博物馆保存着冷僻的知识，
关于刺绣、玉和漆器，关于
忧伤的纵欲或快乐的劳作。
你那十年前才修建的火车站
是一座自嘲的纪念碑，当铁路
被发明，你的繁华就驶进了终点。
至少你有一半的美来自倒影——
运河，湖，雨水，唐朝的月光
以及更早的记忆。即使
闷热如八月，你也有一份
裁自历史的清凉。你像

在倒影中变得圆满的桥孔，
甚至倒影的部分才是真正的实体。
你是故乡。被任意吹送的
蒲公英在风的疏忽中着陆，
成为我的祖辈，他们忙于种植
我的根却又不安于这片土地，
像大雁，出走，回来，再出走，
再回来，至今还在族谱里排成行。
或许我将是不再回来的那一个，
更不会生前就在这里将自己安葬，
但爱着你从湿重的绿荫里升起的塔尖，
你油纸伞般撑开的亭子，你路边
那些摊贩兜售的一部气味的史诗，
还有你乡间小院的井和柳条筐。
过尽的千帆在水面划出远方的丝缕，
你缄默，是要我震慑于生命
有过如此漫长的开篇。月亮
已无法再捧离波心，但熟透的藕
被送到唇边，土腥味混合奶香，
要我确认最强大的力量莫过于藕断丝连。

朱朱笔下的故乡，也许已经不完全是那样的景象，譬如“从地平线上伸出一只手掌 / 就可以托起你，盆景般的城市”；然而，这是他记忆中的城市，是他心灵中的景观。

把朱朱的这首诗作为一种现象来审视，也许更具有普遍性的意义。

“留住乡愁”是近些年颇为流行的一个短语。一些人似乎认为，留住了乡愁就找到了精神的家园。其实问题绝不那么简单。

朱朱在触及这个话题时，他同样写下许多令他依恋景仰的事物，而且这些都是实实在在的历史和现实。面对故乡，他仍然宣称：“我的根却又不安于这片土地，/ 像大雁，出走，回来，再出走，/ 再回来，至今还在族谱里排成行。”他的行踪呈现出一个现代人在生活的变迁中，不得不去适应，去追求。所以说，仅仅靠对“乡愁”的依恋，是留不住动态的心，也无法找到所谓的精神家园的。

现实的利害永远决定着人们的行为趋向，但是把对故乡的依恋之情，深藏在内心深处，就已经是难能可贵的品格了。朱朱很清楚：“月亮 / 已无法再捧离波心，但熟透的藕 / 被送到唇边，土腥味混合奶香，/ 要我确认最强大的力量莫过于藕断丝连。”

好一个“藕断丝连”，这正是当代人在面对生存选择时，普遍存在的一种乡愁心态。

正是在这个意义上，朱朱写的不仅是自己，也写出了许多同时代人的无奈心态。

杀狗的过程

雷平阳

这应该是杀狗的
唯一方式。今天早上 10 点 25 分
在金鼎山农贸市场 3 单元
靠南的最后一个铺面前的空地上
一条狗依偎在主人的脚边，它抬着头
望着繁忙的交易区。偶尔，伸出
长长的舌头，舔一下主人的裤管
主人也用手抚摸着它的头
仿佛在为远行的孩子理顺衣领
可是，这温暖的场景并没有持续多久
主人将它的头揽进怀里
一张长长的刀叶就送进了
它的脖子。它叫着，脖子上
像系上了一条红领巾，迅速地
蹿到了店铺旁的柴堆里……

主人向它招了招手，它又爬了回来
继续依偎在主人的脚边，身体
有些抖。主人又摸了摸它的头
仿佛为受伤的孩子，清洗疤痕
但是，这也是一瞬而逝的温情
主人的刀，再一次戳进了它的脖子
力道和位置，与前次毫无区别
它叫着，脖子上像插上了
一杆红颜色的小旗子，力不从心地
蹿到了店铺旁的柴堆里
主人向它招了招手，它又爬了回来
——如此重复了5次，它才死在
爬向主人的路上。它的血迹
让它体味到了消亡的魔力
11点20分，主人开始叫卖
因为等待，许多围观的人
还在谈论着它一次比一次减少
的抖，和它那痉挛的脊背
说它像一个回家奔丧的游子

这是雷平阳创造的一个寓言。现实生活中没有这种杀狗的方式，更没有这样的狗和主人。

寓言的特点之一就是它只求虚构中能够表达某种寄托，而不是让人们从现实生活中求证它的真实性。有的人是基于所谓的“真实性”而斥责作者过于冷酷乃至残忍；有的人则可能从中猜测并认定作者的居心不良。其实，这些都不是正常的读诗方式。

回到这首诗的文本，它就是虚构了一场杀狗的过程，狗的主人一再地欺骗，让它一次次自愿地被以残酷的方式杀害。这种形而下的叙述，必然隐含着它的形而上内涵。作者之所以要虚构这样一场杀狗的过程，其意图自然是另有所指。

对于曾经长期接受愚民和愚忠教育的人来说，当他们把这种观念奉为修身行为的指南时即使屡屡受到玩弄和伤害，却表现出一种至死不渝的姿态，这究竟是一种“集体无意识”的悲剧还是个人的愚昧呢？《杀狗的过程》所揭示的，就是这样一种令人深思的现象。

相信雷平阳正是出于关注这种现象而虚构出这个寓言的。诗人心目中一定会有一种观念在支配他，然而这种观念是在观察了众多现象之后并深思熟虑而得出的结论。诗不是不表现观念，而是在它的形象化的陈述过程中引人深思，发人省悟。如此来看，《杀狗的过程》就是一首有经典意义的诗。

以冬夜为现场

臧　棣

如果爱的记忆源于
特殊的植物，那么树叶落尽后
银杏的尊严反而没有
因枝干的裸露而减少丝毫；
甚至在附近，立冬的圆柱高大，
隐身于寒冷的天光试图弹奏
我和生命的三个分歧：
第一个分歧，在我身上，
永恒从未矛盾于渺小；
因为使用永恒，我知道
人的渺小相对于世界的无知，
其实是一种不错的节约时间的方法。
说到剂量，渺小更有效；
但是妙就妙在，永恒更瞬间。
第二个分歧，除了沉寂的

黑暗之鼓，北方的悲伤
在我的意念中已无路可退。
冬夜塌向人生的冷场；
更多的时候，我不是时间的对象；
我是沙子的对象。所以，抱歉，
任何吞噬都对我不起作用。
凡被这无边的沙子吞噬过的，在此之前，
我已将悲伤的沙子吞噬过至少一遍。
第三个分歧，每到一个地方，
缓过神来，我便会从我的思想开始，
将自己拆成空气的新零件。
这里，紧一紧；那里，拧一拧；
发动之后，心灵的引擎突然清晰于
机器的隐喻，那微妙的震颤
隔着细细的蓝烟，胜过一切真实。

臧棣的诗多而杂，且属于费解之类。他的“丛书”“入门”等系列，似在探讨一些人类必须面对的问题。此诗则呈现一种焦点逼视的意味。“冬夜”是设置的背景，“分歧”则是他要表达的哲理思考。

诗中所涉及的诸如永恒与渺小，时间与沙子，思想与空气，其实不过是他思维方式的一种新解。诗人好像在有意地解构一些观念性的东西。他得出的结论："渺小更有效"，"永恒更瞬间"，是在证明事物的有效性永远比空洞的理想更具有生命力。他说"我不是时间的对象"，"我是沙子的对象"，也是对具体性的肯定和对抽象性的否定。所谓"从我的思想开始，/将自己拆成空气的新零件"，则是对自身审视后的一种梳理，寻求新的生存姿态而已。

像臧棣的这类诗，思辨的意味远大于抒情的意味，读诗近于读生命的哲理，自然会在一般的读者中产生某种程度的隔阂。

然而应该看到，在一个越来越丰富复杂的社会背景和人生际遇中，许许多多或大或小的事件，往往成为人们认识社会和人生的媒介，臧棣则是以他的诗性思考来呈现个中的幽微启迪。他的笔触方式远离了传统的抒情语境，或许他对人们的审美方式的冲击和改变，会造成诗歌表现方式上的创新格局。

在一个多变的社会进程中，我们需要适应一些新的表现方式，这是必须予以承认和肯定的。

裂 隙

胡 弦

从完整的事物，它开始，
让一颗没有准备的心，
突然有了此岸与彼岸。

于是，有人学习造桥，
有人学习造船……

一个未知的幽灵在掌控这一切，并为远航
培养出了出色的水手。直到

它彻底裂开，
互不相干的两半被一段
空白隔开。

看上去，各自完整；
看上去，裂隙仿佛已不在场。

胡弦此诗，具备一种从小宇宙扩展为大宇宙的观照视野的特色。“一颗没有准备的心”，本来是完整的，可是“突然有了此岸与彼岸”，似乎揭示出人的心灵从蒙昧向智性过渡的阶段。

于是，为了沟通此岸与彼岸，“有人学习造桥，/有人学习造船”，诗人笔下的造桥和造船，以诗性的具象写尽了人类意识形态中的种种光怪陆离的现象。然而，即使“培养出了出色的水手”，毕竟还是未能阻止“它彻底裂开”。当“互不相干的两半被一段/空白隔开”之后，我们终于领悟：“看上去，各自完整；/看上去，裂隙仿佛已不在场。”这样一首不到十五行的短诗，写出了一种心灵史，也具现了一个历史进程。诗人的笔触冷静，留下的思考都意味无穷。

胡弦是一个极其善于在冷静的观察中思考现实问题的诗人。像《裂隙》这样的诗，落笔似极轻松，冷静的叙述中切入的却是一个事关人类心灵发展史的大问题。

的确，人类因为有了对此岸和彼岸的思考而呈现了多彩绚丽的精神追求，并且因此而创造了众多的思想学说，本意是在寻求抵达彼岸的道路。可是，令人难以逆料的，却是最终的被空白隔开之后的貌似各自完整的互不相干的结局。

胡弦是想向人们提醒，沟通是不可能的吗？人类最终会回到各自独立的孤岛中去吗？好像是，又好像不是。作为警示，我们还是耐心仔细地品味诗人的寄托吧。

宠　物

张作梗

不知何时，我喂养了一只宠物，有
日子那么大，
独善其身那么小；
安静，腼腆，怕见生人，
没事就趴在我心里。
我亲切地唤它：孤独。

"孤独——"我唤它。它就颠颠颠颠跑出来，
颈上挂着催命鬼似的
钟摆的铃铛，
还没等我扔给它一颗美味的寂寞，
它摇身一变，
成为我林中的散步和
沉思。——它有变幻的身姿。有时，
它突然从文字的麦秸垛中窜出，
头上顶着海子的一小块麦地，像被月亮放大的

一团毛茸茸的风，吓我一跳。

它有另外两处穴居：一处死亡。

一处虚无。

它还有三样嗜好——：

寡居。登高。莫名的忧伤。

通常，人多的时候，我们相安无事；甚至会

相忘于江湖。难耐的是曲终人散，

当我携带着古巷一样深的影子回家，

回到比命运还逼仄的床上，

它不知从哪儿钻出，

晃晃悠悠爬到我的床前，可怜巴巴地，

要我、不断地要我给它

失眠的夜宵……

“孤独感”是伴随诗人终身的一个幽灵，一旦失却它，诗人的艺术生命将终止。张作梗把它当作宠物，同样体现了它之不可以离分。

如果一个人整天把“孤独感”挂在口中念念有词，人们必定会厌恶其矫情，但是他身边常有宠物存在，你或许还会觉得他可以亲近。

这就是张作梗在诗性的表达中的策略。

张作梗笔下的宠物也不是那么好写的。首先你得把它呈现在读者面前，它是猫还是狗，或者其他？出现在张作梗笔下的“孤独”，虽然只是一个单词，但是他赋予了它以多变的形态。“我唤它。它就颠蹶颠蹶跑出来”，可是“还没等我扔给它一颗美味的寂寞，/它摇身一变，/成为我林中的散步和/沉思”。从“颠蹶颠蹶跑出来”，到对“寂寞”“散步”与“沉思”之间的转换，可以想见张作梗在语言策略上的费尽心机。他的诗语，力避了单调与枯燥的程式化方式，不断地引导读者进入新的语境，才使得他不会因为预设某种模式而令读者产生厌烦。

正是在不断“变幻的身姿”中，我们品味到了“孤独”的种种存在方式，从“海子的一小块麦地”，到“像被月亮放大的/一团毛茸茸的风”。它的不断变幻着的存在方式，就是这首诗吸引读者持续阅读下去的推动力。

诚然，诗语的灵活性与它的层次感，是形成此诗的魅力不可或缺的因素，而张作梗正是很好地表现了他在这方面的特长，从而赋予了诗可读性之余，还有耐人寻味的品质。

丹青见

陈先发

桤木，白松，榆树和水杉，高于接骨木，紫荆
铁皮桂和香樟。湖水被秋天挽着向上，针叶林高于
阔叶林，野杜仲高于乱蓬蓬的剑麻。如果
湖水暗涨，柞木将高于紫檀。鸟鸣，一声接一声地
溶化着。蛇的舌头如受电击，她从锁眼中窥见的桦树
高于从旋转着的玻璃中，窥见的桦树。
死人眼中的桦树，高于生者眼中的桦树。
被制成棺木的桦树，高于被制成提琴的桦树。

陈先发的诗思方式，日益呈现出一种对事物的关联性和互补性的关注。所有的事物都不是那么确定的，而它们的优劣也未必那么绝对明晰。

事物在不同的状态中会呈现出迥异的品格，在不同的人心

目中，也会有不同的价值，这或许就是这首《丹青见》要表达的意念。

作为一首诗，它可能有费解之处，这种费解，正在于它不断变化的视角，在物与物的对照中显示出它们的优越性。而这种优越性又不是绝对意义上的优越。

其实，陈先发在“丹青见”这一命题中已经把世界的五颜六色的斑斓面目显示出来，只是他在看似纯客观地呈现那些植物的对照时，显得有点冷漠，以致人们不太容易进入他的诗境。

但是，在进入诗的尾声时，那“蛇的舌头如受电击，她从锁眼中窥见的桦树／高于从旋转着的玻璃中，窥见的桦树”，似乎让人联想起人际关系中某些微妙的存在。至于诗的最后两行，隐隐地暗示着生活与存在中的一些价值观颠倒的悲剧。生命的存在与消失，同存在的永恒性，何者为高，何者为低呢？这似乎成为一个难以回答的问题。诗人以肯定语气说出的高，未必就是真正的高。这也许是他的生命中存在的一种困惑。

有的诗是不能够一眼望穿的，需要读者细品慢琢。同时诗人也不是教导者，他未必以自己的结论来强迫读者接受，甚至他本人也是一个困惑者呢。

诗有时是小麦有时不是

沈浩波

如果你见过小麦
闻到过小麦刚刚被碾成面粉时的芳香
我就可以告诉你
诗是小麦
有着小麦的颗粒感
有着被咀嚼的芳香
这芳香源自阳光
如同诗歌源自灵魂

诗有时是小麦有时不是

如果你见过教堂的尖顶
凝视过它指向天空如同指向永恒
我就可以告诉你
诗是教堂的尖顶

有着沉默的尖锐
和坚定的迷茫
你不能只看到它的坚定
看不到它的迷茫

诗有时是教堂的尖顶有时不是

如果你能感受到你与最爱的人之间
那种永远接近却又无法弥补的距离
在你和爱人之间
在你和父母之间
在你和子女之间
你能描述那距离吗
如果你感受到但却不能描述
如果你对此略感悲伤
我就可以告诉你

诗是我与世界的距离

以诗说诗，看起来是一件勉为其难的事。沈浩波此诗却出人意外地把诗的一些奥秘说得通俗易懂。本来，“诗是什么”这个问题属于无解，但它又不断地被人追问，明知无解却又始终被问，也说明它是存在于人们头脑中的。

沈浩波把这个既具体又抽象的问题，用“有时是小麦有时不是”回答得通俗而智慧。我们读诗时最容易进入的，常常是那种具体可感的事物和情境，也就是所谓的形象和意象。用小麦形容可谓具体可触。但是同样有很多非常优秀感人的诗，是读了之后只能心领神会却无法说得具象的，这就是“有时不是”的阅读状态了。沈浩波在诗中既列出了“有着小麦的颗粒感 / 有着被咀嚼的芳香”这种具体的感受，又十分精准地写到“教堂的尖顶”这一可望而不可即的品格。从小麦到教堂的尖顶，似是风马牛不相及，却在空间的领域把诗的内涵扩展到惊人的高度。尽管可望而不可即，但人们仍然不倦于仰望其存在。这就是诗的魅力，诗的价值。

诚然，“诗有时是教堂的尖顶有时不是”，因为一直仰望也不是人的精力所能做到的。

前面的两个“有时是……有时不是”，恰到好处地写出了诗的存在方式，有具体可感也有仰望的不可即，唯有最后一个“诗是我与世界的距离”以无可置疑的肯定态度给予了定位。这正是沈浩波的聪明之处。诗人看起来是诗的创作者，为什么诗反而是诗人“与世界的距离”呢？因为诗是永远不可达到的至美至善的境界，诗人只有不断地接近它才更见其神秘的魅力。

夜行记

毛　子

群峰起伏，仿佛语种之间
伟大的翻译

就这样穿行于峡谷中
我们谈起了人世的爱和变故
——谈起简体和繁体曾是一个字
弘一法师和李叔同，是一个人
昨天和明天，使用的是同一天

当谈到这些，天地朗廓，万籁寂静
唯有星河呼啸而来
像终将到来的
临终关怀……

在特定的情景中突然获得某种启悟，是诗人灵感降临的一大特点。毛子此诗，看似闲话遐思，其实获得了一次辽阔深沉的启悟。

在群峰起伏的存在中，想到了是语种之间伟大的翻译，不仅语出奇突，而且勾起人们无尽的喻象。

诗的第二节看似在重复着毫无意义的“同一性”，可是从他涉及的“人世的爱和变故”的话题，我们难免不会联想到每天不断在重复着的生存方式。“当谈到这些，天地朗廓，万籁寂静”，是语境还是生存之境，读者慢慢去品味吧。还是在这种境界中，诗人笔锋一转，给读者带来了惊喜，更是引入了深沉的静思。

“唯有星河呼啸而来 / 像终将到来的 / 临终关怀……”，言有尽而意无穷，正是此诗所获得的突发性的穿透力。

人的生命短暂而大自然永恒存在，这种话题之所以成为诗的永恒话题，是因为人在面对有关死亡的思考时，难免很直接地信手拈来地把大自然的存在同自己生命的消逝进行对比，从而产生永恒与短暂、伟大同渺小之间的悬殊差异。在毛子眼中出现的“呼啸而来”，其实是他内心的风景，并不是大自然本身有什么变化。所以说，诗人以自身的心境投入大自然中，从而改变了它们的存在方式。自然永存而个体生命消逝，造就了诗人们无尽的遐思冥想，因为诗人们的生存状态和具体处境的各自不同，才有了众多诗人在相同或类似的题材中，写下的情趣迥异的诗篇。

夜　气

黄礼孩

时候尚早，足够我们去
凝视每一样深不可测的事物
直至它在内心变得简约起来

黄昏之后，夕阳的消失宣告了
我们对逝去的一切心存残缺的怀念
叶子在洁净的夜变得越来越冷时
我忆起父母，他们像黝黑的影子
在劳作，直到静谧的下弦月照亮

夜深，水的流淌像植物的薄纱
它托起一座山庄，身体的牢房
此时被打开，草木散发清香
一个生灵呼唤着另一个生灵
每一个都在相互倾听，带着看不见的气

古老的夜晚经过教堂

高墙之上，梅影斑驳，无知，无邪

我们交谈，面庞变得清晰起来

夜气带来群星闪烁的天赋

像未唱出的歌留存到明天

就写感觉和感受而言，黄礼孩的这首《夜气》，可以称得上是独具特色。

一般人会写“夜色”，因为从视觉的角度看，夜是一种黑色。黄礼孩却写“夜气”。

他在诗中所宣示的“凝视每一样深不可测的事物 / 直至它在内心变得简约起来”，实际上就是从视觉到感觉的转化。

在整首诗中，黄礼孩运用的就是在不断的场景变化中，写出人的心境的感觉。夕阳的消失转化成心存残缺的怀念；叶子变冷时，成为思念父母的契机；父母在下弦月照亮下的劳作，又成了被托起的山庄一如身体的牢房的联想。如此跳跃，转化，层层递进，终于达到“一个生灵呼唤着另一个生灵”的精神交流。“每一个都在相互倾听，带着看不见的气”。原来黄礼孩所要表达的，就是这种在夜中望而不见却可以互为感知的气。

气是什么，“夜气带来群星闪烁的天赋 / 像未唱出的歌留存到明天”。

黄礼孩在从事大量的诗歌扶植事业的同时，也写下不少优秀的诗篇。《夜气》是一次追求诗人之间心灵沟通的诗化描述。他在不断的场景转化和心灵感受中，写出了一种他理想中的境界，心灵中的美好愿望。

当然，他不是一个说教者，而是一个有着敏悟感受能力的诗人。他把美好的歌唱留存到明天的愿望之所以能够实现，是因为他们共同在夜气中互相沟通了心灵的渠道。

傍　晚

李少君

傍晚，吃饭了
我出去喊仍在林子里散步的老父亲

夜色正一点一点地渗透
黑暗如墨汁在宣纸上蔓延
我每喊一声，夜色就被推开推远一点点
喊声一停，夜色又围拢聚集了过来

我喊父亲的声音
在林子里久久回响
又在风中波纹般荡漾开来

父亲的答应声
使夜色似乎明亮了一下

有些诗写的是极其普通的日常生活细节，但由于渗透着温情而让人印象深刻。李少君此诗，写的正是这种细节。晚饭前到树林寻找父亲回来吃饭，寻常至极的生活行为，然而李少君却把它铺垫得极其微妙。

“夜色正一点一点地渗透 / 黑暗如墨汁在宣纸上蔓延 / 我每喊一声，夜色就被推开推远一点点 / 喊声一停，夜色又围拢聚集了过来”。这样的日常场景，就因“喊声”的被感受而产生了温馨。这首诗全部的感情色彩，都是因喊声而起伏的。喊声不仅能把夜色推开和聚拢，它甚至也能“久久回响”在林子的空气里，又波纹般荡漾开。这就是一个诗人凭着自己的感受而写下的妙笔生花的文字。

妙还妙在诗的最后一句：“父亲的答应声 / 使夜色似乎明亮了一下”。评诗时有“诗眼”一说，这里的“夜色似乎明亮了一下”，就可以说是此诗的诗眼了。

诗人写诗，往往是在偶然中获得了一种灵感的启示。像李少君这种灵感的获得，同他在日常生活中的细心体验是分不开的。一句喊声能铺陈出如此具有层次感的诗性体验，也给一般读者作出极有意义的启示。诗性的确是无所不在的，关键在于有心人的体察和敏悟。

如果每一个人都能如此细心地体察生活中的人际关系，我们的诗歌也许就会更多地呈现出人性的善与美。

我想和你虚度时光

李元胜

我想和你虚度时光，比如低头看鱼
比如把茶杯留在桌子上，离开
浪费它们好看的阴影
我还想连落日一起浪费，比如散步
一直消磨到星光满天
我还要浪费风起的时候
坐在走廊发呆，直到你眼中乌云
全部被吹到窗外
我已经虚度了世界，它经过我
疲倦，又像从未被爱过
但是明天我还要这样，虚度
满目的花草，生活应该像它们一样美好
一样无意义，像被虚度的电影
那些绝望的爱和赴死
为我们带来短暂的沉默

我想和你互相浪费

一起虚度短的沉默，长的无意义

一起消磨精致而苍老的宇宙

比如靠在栏杆上，低头看水的镜子

直到所有被虚度的事物

在我们身后，长出薄薄的翅膀

诗人的正话反说，存在着多种曲折的方式。李元胜这首诗，从题目到内容，似乎都是在宣扬一种无聊的休闲方式。如果用“一寸光阴一寸金”的观念来权衡它，肯定是不合格的。

诗人在诗中列举了诸多“虚度时光”的方式，然而他是真心实意地想这样虚度一生吗？果真如此，他也不会写下此诗了。

诗人的诗性感受与诗情寄托，往往会在某种生存境遇下寻找一种宣泄的通道。特别是在面对知心人的时候，会把内心的瞬间杂念呈现出来。像李元胜此诗的情绪表达，明显地呈现出一种“疲劳感”，而造成这种“疲劳感”的原因，或许就是曾经过度地用“一寸光阴一寸金”的观念支配自己的生活方式，于是才产生了要“虚度时光”的感受。诗人的倾诉对象显然是情人，而且对其满怀愧疚与不安。“一起虚度短的沉默，长的无意义 / 一起消磨精致而苍老的宇宙”，这些充满诗性的话语，当然不是一般人所能够说出来的。

不过我们在读此诗时，除了悉心体味诗人内心的若干话语的弦外之音，更要从诗的结尾句中读出他的潜在话语："直到所有被虚度的事物／在我们身后，长出薄薄的翅膀"。这应当才是诗人写此诗的真实目的。在阅历了众多虚度的"意义"之后，诗人依恋的仍然是身后"长出薄薄的翅膀"，以便日后更好地飞翔。当然"薄薄的"一词是自知之明。

这就是我们读诗时，应该进入的一种诗人的复杂心境吧。

神仙一直在边上发笑

汤养宗

我正在做与做过的许多事，神仙
一直在边上发笑

比如那天，我装作一只蚂蚁
躲在草叶下睡觉，那头狮子
正一路追赶羚羊
被我伸腿一绊，狮子便栽倒在路旁

又比如现在，我作为狮子
正一路追赶羚羊
睡在草叶下的蚂蚁，突然伸出一腿
我便一下子栽倒了在路旁

汤养宗此诗，虽以荒诞出之，却引发人们许多现实的思考。

他笔下的“神仙”，看起来像是一个旁观者，其实是一个精细的在场者。有两句话叫作：“人在做，天在看”；“头上三尺有神明”。这些话看起来是场外人的陈述，实际上是场内人的认同。

此诗所设计的“我”，犹如小说中的第一人称，当然不一定是作者。而诗中这个“我”竟是在狮子与蚂蚁间变换着身份的人，这就更决定了它的寓言性质。

寓言之有所寄寓，乃是对现实的关注。汤养宗可能是对社会上互设陷阱的事情看得多了，今天的害人者成为明天的受害者，使社会安定成为引人关注的问题。

“完全感”之所以会成为一个问题引人关注，无疑是因为生活在社会中的人，互相都存在着被伤害的忧虑。这才是汤养宗写下此诗的动因。他笔下的“我”，始而害人，终而被害，前为有意，后为失察，终于害人害己。

这样的行为引起“神仙”发笑，但是，仅止于笑吗？诗人之所以用这种貌似轻松的笔触来陈述这种人生和社会的悲剧，当然不是为了引人发笑。

所谓“入鲍鱼之肆，久而不闻其臭”，当人们对所有互伤的行为都习以为常的时候，这个社会就离崩溃不会很远了。

但愿诗人的寓言能起到警醒的作用，而不是得到人们的一笑了之。

小心火烛

布兰臣

阁楼里的书桌，
一本杂志记录了一场
秘密花园的故事——
我的影子突然一把抓住了我。
一刹那，眼前闪过
对方满脸的白色胡须，
粗壮的手掌。
“小心火烛！”

我的臂膀动弹不得。
仿佛飘过一缕
有毒的气体，这
空中滚动的弹珠，
沙坑里无处安放的
小动物，突突突，

有人走来。

“小心火烛！”

刺槐树下杂草丛生，

深渊般的小溪流水。

谁？在无意中出卖了

我们的行动计划。

谁？递给我，

三只尚未开翅的小鸟、

一颗石子。

“小心火烛！”

在三个场景呈现的过程中，每一节的结句都是“小心火烛”。布兰臣似乎是在设置一个让人猜测的迷局。

布兰臣的诗中的场景，是一种内心的幻象，因此都具有模糊性和突兀性。第一节中“我的影子突然一把抓住了我”，是串联前后的中心句，可是为什么“秘密花园的故事”突然转变成“对方满脸的白色胡须”呢？是时间演绎的象征，还是故事的过程？他好像不要什么结论，而只丢下一句“小心火烛”，教你去遐想。

沿着他的这种诡异而突兀的思路，你再把“有毒的气体”同“空中滚动的弹珠”联系在一起，“小动物”又忽而与“有人走来”纠缠在一起。最后还是一句“小心火烛”。

在最后的场景中，“杂草丛生”和“小溪流水”隐约有点环境氛围的象征意味，怎么又突然与行动计划有关呢？那“递给我，/三只尚未开翅的小鸟”和“一颗石子”，是转移罪证还是提供作案的机遇？只有“小心火烛”是它不变的警示。

布兰臣的诗，充满着不可预测的突兀性，他的诗语是随时可以分流的水漩。人们也许无法明确地说出他究竟要表达什么具体的意念，但必然可以感悟到它们潜隐的有关生存危机的内涵。

诚然，像这种具有实验性质的诗，不太容易为一般读者接受，但作为一种创新的产品它至少不会让你读出那种似曾相识的类型化、克隆式的赝品感觉而恶心。

江心洲

路　也

给出十年时间
我们到江心洲上去安家
一个像首饰盒那样小巧精致的家

江心洲是一条大江的合页
江水在它的北边离别又在南端重逢
我们初来乍到，手拉着手
绕岛一周

在这里我称油菜花为姐姐芦蒿为妹妹
向猫和狗学习自由和单纯
一只蚕伏在桑叶上，那是它的祖国
在江南潮润的天空下
我还来得及生育
来得及像种植一畦豌豆那样

把儿女养大

把床安放在窗前
做爱时可以越过屋外的芦苇塘和水杉树
看见长江
远方来的货轮用笛声使我们的身体
摆脱地心引力

我们志向宏伟，赶得上这里的造船厂
把豪华想法藏在锈迹斑斑的劳作中
每天面对着一条大江居住
光住也能住成李白

我要改编一首歌来唱
歌名叫《我的家在江心洲上》
下面一句应当是“这里有我亲爱的某某”

路也心目中的“江心洲”，也许只是一个心灵世界的象征。“江心洲”也成为她的诗的品牌。

由于路也对生活场景的充满深情的描述，使“江心洲”这一地名也同样呈现着满满的诗意。

“在这里我称油菜花为姐姐芦蒿为妹妹 / 向猫和狗学习自由和单纯 / 一只蚕伏在桑叶上，那是它的祖国”。如果只是把这些诗句看成纯景物的描述，则未免简单化了。诗人的这种寄寓，显然还隐藏着内心深处的“阅历”和沧桑。

她的笔下的“江心洲”之所以如此富有诗意，或许有着某些具体的生活经历的提示和启发，也有着她个人内心深处对一种圣洁感情的向往，但是，总是在诗中透露出的对爱情的特别诗化的描述，让人产生一种因为得不到才潜心神往的意味。这是因为，在现实社会中，人们见到了太多的虚伪和出卖，就试图构建纯美的爱情场景来呼唤它的出现。

诚然，路也的诗性感受让她笔下生花：“看见长江 / 远方来的货轮用笛声使我们的身体 / 摆脱地心引力”。笔涉性爱而把心灵的飞翔隐现得诗意盎然。

诗的最后一节有趣而雅俗兼具：“我要改编一首歌来唱 / 歌名叫《我的家在江心洲上》/ 下面一句应当是‘这里有我亲爱的某某’”。原来这位某某还是一个未知数呢！

路也塑造了一个爱情的“江心洲”，江心洲也因她的诗而更具名声。谁成就了谁呢？这是一个有趣的话题。

重　量

郑小琼

在历史与历史之间
颂歌与泡沫
逐渐失去重量
曾被碾压过的真相
像钻石样浮现
生活这张银灰色的嘴
吐出的忧伤
被戕害的耳朵和眼睛
它们在被棉纱包裹的伤口中寻找出
蓝色的碎片
这些埋藏深处的种子
像海上的百合开出高远而深沉的孤独
在眺望中逝去的岁月
他们秉承着
柔软而高贵的光明

在他们下面
思想不会老去
阳光总照耀世界
阴影穿过这些不幸的诗句
黑暗中
总会有一些人在内心的
深海处点亮信仰的灯盏

郑小琼的诗，是从写车间劳动感受而引人注目的。《重量》是她走出车间之后，对社会现实的另一种审视。

当郑小琼的笔触涉及像《重量》这样的题材时，或许人们不免会产生一点“陌生感”。不难看出，当她从具象的事物转向某些抽象的思考时，是融入了许多现象的综合性梳理的。“历史与历史”，“颂歌与泡沫”，这样的语词在郑小琼最早的那些诗歌中，是不太会出现的。然而在经历了生活层面的巨大转变后的郑小琼，已经有条件和精力来思考这样一些“形而上”的事物了。

郑小琼的优势和可贵之处，在于她始终没有脱离对具象和意象的追求，所以她没有把“形而上”的思考变成诗歌说教。“生活这张银灰色的嘴 / 吐出的忧伤”，“这些埋藏深处的种子 / 像海上的百合开出高远而深沉的孤独”，在郑小琼早年那些诗中，不可能出现这样的诗句。

诗人毕竟是社会现实中具体的人，随着生活环境的改变和语言知识的积累，他们的诗会出现非常明显的变化。在郑小琼身上出现的这种变化，明显地体现了生活视野对一个诗人的成长的影响。随着生活视野的扩展，诗人的心胸会拓宽，诗人会思考一些更为深沉的问题。而郑小琼属于她所向往的“思想不会老去”的人。但愿她能够一直是“在内心的 / 深海处点亮信仰的灯盏”的播火者，一个照亮自己也照亮别人的诗人。

空麦秆里的秋天

娜 夜

时间在我热爱的事物上
降临
秋天抖动了一下
第一颗果实落下来

我的幸福渗出水来……
有多少过去
留下现在
现在慢慢消失
这些树
一天比一天高

我已挥霍不动你的收成了：秋天
让我在一根空麦秆里
握紧你的孤独

“这不是痛苦是生活本身

消失了”

人生的感悟无处不在。娜夜也许是因为步入了她自认为的生命季节的“秋天”，就在一根空麦秆里找到了她的寄托。

时间是一种无法以自身证明其存在的概念，它必须借助他物来佐证其无形的存在。娜夜说，“时间在我热爱的事物上 / 降临”，就是要以“秋天抖动了一下 / 第一颗果实落下来”佐证时间的存在。自古以来，悲秋就是诗人们感叹生命之易逝的话题。娜夜却是因热爱而“幸福渗出水来”，她因生命的获得而幸福，但难免因岁月流逝而产生惶惑。“这些树 / 一天比一天高 // 我已挥霍不动你的收成了”，可能暗示着她所从事的诗歌创作有点力不从心的意味。

诗人写出的是她的一种心境，一种存在的困惑；而这正是一个真诚的诗人坦露心怀的机缘。当我们读到她“握紧你的孤独”时发出的心声——“‘这不是痛苦是生活本身 / 消失了’”，应该能体味她的敏悟。

痛苦似乎是岁月流逝而日感力不从心所致，可是当你从生活本身消失了的角度思考时，一切便豁然通达。因为生活本身的确是每天都在消失，一切合乎自然规律。从这个意义上说，无所谓痛苦不痛苦的。

但是话又说回来，自然规律是客观存在，人非草木，何能无情。诗人是在用另一种方式来宽慰自己罢了。

诗人其实就是在万事万物中不断地寻找着一些自寻烦恼的话题的人，难道不是吗？

河　流

杜　涯

二十岁的那年春天
我曾去寻找一条河流
一条宽阔的静静流淌的河流
我相信它是我的前生

从童年起我就无数次看见它：
在瞬间的眼前，在梦中
只让我看见它：几秒钟的明亮
然后就渐渐消失了身影

那条大地上的孤独流淌的河流
它曾流过了怎样的月夜、白天？
它曾照耀过哪些山冈、树林、村庄？
又是怎样的年月带走了它，一去不返？

永远消失的光明的河流：我不曾找到
那年春天，我行走在无数条河流的河岸
无数的……然而它们不是逝去的从前：
它们不知道我今生的孤独、黑暗

泛着温暖的微波，静静地流淌
仿佛前生的月光，仿佛故乡
然而却总是瞬间的再现
我无数次的靠近使它始终成为远方

多年的时光已过：从二十岁到这个春天
我看到从那时起我就成了两个：
一个在世间生活，读书、写作、睡眠
一个至今仍行走在远方的某条河流边

杜涯的诗，常常有一种“失落感”若隐若现，这可能同她的生存感受息息相关。其实，只要是生活中的人，都会有不同程度的失落感，因为世界上没有十全十美的人。不过杜涯诗中的失落感，不是那种患得患失的心情，而是呈现出她在不断的追求中始终可望而不可即地错过了一些机遇。《河流》这首诗，以喻象的方式，写出了她心灵中的“生活之流”。表面上看起来，她是想进入那“相信它是我的前生”的河流，结果却“不曾找到”，成为“永远消失的光明的河流”。

在充满失落感的诗性陈述中，杜涯其实写出的是，她已经真实地生存在生活的河流中，而另一条理想中的河流，只能存在她自己的虚幻的构想中。“我无数次的靠近使它始终成为远方”，这就是理想追求的可望而不可即。

由此可见，这条理想中的河流只能伴随着诗人终生，作为一种“虚在”而激励她。她的真实存在则是：“一个在世间生活，读书、写作、睡眠 / 一个至今仍行走在远方的某条河流边”。

杜涯是一个很少写女性自身的女性诗人，她的诗在很大程度上呈现出普遍存在的人生困境。我们从《河流》中不难看出她在现实中的奋斗追求，而又在理想中存在着距离感和失落感。但是她从不以女性的身份表现这一切，而是以一个理想追求者的身份呈现出人生的困境。

这大概可以算是杜涯诗歌的一个特色。

像杜拉斯一样生活

安 琪

可以满脸再皱纹些
牙齿再掉落些
步履再蹒跚些没关系我的杜拉斯
我的亲爱的
亲爱的杜拉斯!

我要像你一样生活

像你一样满脸再皱纹些
牙齿再掉落些
步履再蹒跚些
脑再快些手再快些爱再快些性也再
快些
快些快些再快些快些我的杜拉斯亲爱的杜
拉斯亲爱的亲爱的亲爱的亲爱的亲爱的亲

爱的。呼——哧——我累了亲爱的杜拉斯我不能

像你一样生活。

一个人处在近乎绝望的生活状态之中，却试图借某个偶像的生存姿态来安慰自己，并且最终不能不颓丧地感觉到，这是一种无效的自我安慰，不得不放弃了幻想。安琪此诗是颇具典型意义的。

安琪是一个引人注目的女诗人，而她的这首诗，是呈现了她在某一阶段中的真实心态且能震撼人心之作。

杜拉斯的传奇性生活和结局，成为女诗人的一种神话，所以安琪不能抑制对她的精神向往。然而现实中的安琪，生活在中国现实土地上的安琪，是无法复制她的生存模式的，所以在诗的最后那句“我不能／像你一样生活”中，终于失望而无奈地道出了自己的生存处境。

作为女性诗人，安琪在全诗中呈现的那种看似急切甚至有点近乎疯狂的叙述，表达的是一种慌不择路的彷徨心理。她在幻想中似乎可以像杜拉斯一样生活，于是发出的声音是一种结结巴巴的呐喊。从这种声音中我们似乎窥视到了她的希望其实是绝望。

安琪的诗有多种生存形态的呈现，唯独此诗，是一种灵魂的痛切而真诚的呈现，因此其有强烈的冲击力和震撼力。诗人在特殊的生存状态中，以急切的心态写出的诗，恰恰因为有一个客观对象给予她真诚的机遇，于是造就了此诗的影响力和震撼力。

这也许是能够证明安琪作为女性诗人而存在的标志性作品。

黑暗中的舞者

周　瓒

她剥落她自己，虽然她情愿
另一双手的节奏
她缓慢，又为这缓慢而羞惭
他的目光使她更快了些
但她转而选择了从容，她抬头

他在召唤，也是唤起他自身
她知道，他比她更急切些
但谁又能判断：到底是谁更急于承认
这样一种急迫性，难道不是她
自己？自己之内，又一个自己？

她的发触到自己的肩，细微的痒
撩起她的自爱：是的，她也愿
唤醒她自身，那被生活的壳

紧裹住的部分；不，她并不是在享用
禁果，她只是在揭开她自己

而他可会明白？他看，他的眼中
两束光，将这变暗的舞台
圈出两个圆柱的范围，供他们合舞
叠印，分离又渴望……他忽然想
是谁在担任这舞台的灯光师？

她伏倒，微斜，那耸出的
器官，部分地轻触着他的
肌肤，而他正在蒸腾
他不只用目光，他的双手羞涩些
也更贴切，但他怕惊动她，他怕太快

快，是一种态度，她从前想过
当第一次，她被一种蛮力左右时
她哭了，以为她已变成
一个可以完全交付出去的礼物
是的，婚姻有时就像是把双方当作礼物互赠

他以为，快，是一种力的表情，不单单
宣布了舞的节奏。他第一次裹住

一件小于他的形体，并用自己的钻，
去勘探，他看到了梦中的跋涉
哦，多么意外，一个女人是他的宝藏！

她为他的迟疑，虽然是在片刻中
感到欢喜，她可有海洋的深度？
她找寻他的手，帮他掌舵
他们的舞，要复杂些，切不可滑
到浅水中，他们的航船需要颠簸

他知道，他可以有他的俯冲
或翻腾，但不要偏航，有时候
天空会使他一阵茫然，而他的飞行器
需要开阔的自由。他微笑了
他觉得天空有时可以藏在一个洞穴中

她借助他的力，升腾自己的轻
他扎进她的深，倾泻自己的生机
她惊呼，为这播种的重量
而他叹息，那广袤令他敬畏
哦，从种子的睡眠里，他们起飞

他托起她，他们的支点稳沉而又惊险

他们把热度散发，舞的炫目浇灌着
黑暗；闪亮的背景，把他的目光吞吃
而她正在发光，她的波动更绵远
她旋转，奔突，跃起，光影凝滞着

他惊讶，欣慰，一时间忘记了
寻觅，他误以为已经找到；她的舞迷乱
他怦跳的心，暂时归于宁静
他总结：哦！舞才是她的灵魂
那一个个白天都只是些空壳！

“我在放弃”，她忽然意识到
舞引领她，舞改变她，舞找到她
而他像在等待，她以他为支撑张开了翅膀
当她起飞，她感到支点即将脱离
像携带着太空探测器的火箭

而他正全神贯注于这奋力的发射
有一刻，他凝住，像舞的定格
而她，感到一种惯性，已把她自己
推往虚空，灵魂出壳，是温暖的
温暖地带她返回，返回黑暗的静寂，与缓慢

舞如何支配舞者，他因为耗尽而苏醒
黑暗是否孕育过擦亮，她发光
并归于圆润：那时，他们更像两株
鲜亮的植物，经受了热力的雨，速度的风
在午睡的太阳里，月亮般轻轻摇晃

女性诗人中写性爱而达到周瓒如此刻画逼真者，可谓极为少有。传统的中国旧体诗往往把写性爱的称为“淫诗”，而少数写得所谓优美的都是以暗喻和含蓄为特征的。新诗中也少有像周瓒这样写的。

性本能属人的天赋，除了传宗接代的功能，更在于人在这种行为中的快感之余的诗性感受和想象。把性愉悦当作一种诗性行为来欣赏和享受，必定是高层次的人才具有的素质。所以在周瓒的笔下，我们才能看到这种行为的心理过程，以及双方在这一过程中的互动与互谅。周瓒的笔触无疑是大胆而细腻的，在互动感受的过程中，她把人作为审美的对象来加以逼视，从而使本能升华为艺术的行为。

对于这种过程的描述，从心理到行为，周瓒始终是在诗性的感受中来体验着，感悟着。“舞才是她的灵魂”，“舞引领她，舞改变她，舞找到她”，“她以他为支撑张开了翅膀”。这样集体验与行为为一体的大胆描述，显然是一种画面的诗性弥漫的场景。

也许会有人对这种诗性的表现持怀疑或否定的态度，但是在区别人与别的动物的行为之不同上，除了意识和感受，我们还能找到什么标志呢？生理本能是一切动物都具有的，唯有人，有意识和感受之外的审美需求，有从本能行为中提升道德水准的要求。

恰恰是在性行为中，我们不但区别于别的动物，甚至在人类中区别出人品的优劣高低。

寻找一间打铁铺

池凌云

无数次，我在夜色中匆匆上路
寻找一间打铁铺。
我走遍一条条大街小巷
寻找那被熔化的铁，那奋力
高高举起的大铁锤——

无数次，我从变旧的日子中出来
四处寻找一间打铁铺。
我猜想，总有一些铁匠守在炉边，
吭哧吭哧地拉动风箱，
把通红的炉火烧得更旺，
让火光冲破沉闷的黑夜，
像一种爱抚，穿破黑暗。

我一开始很兴奋，披上一件单衣上路。

我在路上疾行，脸上泛起红晕，
后背出汗，两眼捕捉楼宇和旷野中的光。
我每天出门，都在寻找那间打铁铺，
直到一个又一个寒冬来临。

我最终没有找到它。我的两眼
因漫上泪水而看不清道路。
但我知道，就在某一处
一定有一间打铁铺隐藏在那里，
铁匠们在用大铁锤狠命敲打烧红的铁器，
那火红的解冻层
原先是铁浆，后来露出锋刃——
一把刀慢慢成形。

出于女诗人手笔的这首诗，人们读出了强烈的汉子精神。

池凌云把寻找打铁铺作为书写“我在夜色中匆匆上路”的场景设置，令读者产生一种“化陈为新”的感觉。因为“打铁铺”在现实中已经是稀有之物，而且为了寻找它还要“在夜色中匆匆上路”，这种迫切性人们只能从象征意义上来理解了。

接着，我们又读到了“我从变旧的日子中出来 / 四处寻找一间打铁铺”，原来，“化陈”是因为“变陈”的迫切要求。诗人不得不用猜想来实现这种愿望。由于仅仅是想象中的“打铁铺”，诗人不得不承认：“我最终没有找到它。我的两眼 / 因漫上泪水而看不清道路。”从诗的结局来看，诗人似乎也只是在想象中看到了“一把刀慢慢成形”。

对于池凌云的这种诗的思路，我们只能认定，她是在反思和自省中，出于自我励志的动机而虚构了这样的诗境。在日常的生活中，诗人会基于提高生存的品质的需求，而设想出一些磨炼意志的方法。像她在诗中写到的那样，“我从变旧的日子中出来”，特别应该注意“变旧”一词，这正是人们习以为常而滋生的惰性，而池凌云就是想摆脱这种惰性才想到要寻找打铁铺的。

诗人在本质上就是不安于现状的。他们在遐思冥想中常常会虚构一些生活场景，借以激励自己，不能在平庸的生活中消磨生存的价值观念。至于这些构想能否在诗美的意义上被读者接受，或许会因不同的读者而有所区别。

我养的狗，叫小巫

余秀华

我跛出院子的时候，它跟着
我们走过菜园，走过田埂，向北，去外婆家

我跌倒在田沟里，它摇着尾巴
我伸手过去，它把我手上的血舔干净

他喝醉了酒，他说在北京有一个女人
比我好看。没有活路的时候，他们就去跳舞
他喜欢跳舞的女人
喜欢看她们的屁股摇来摇去
他说，她们会叫床，声音好听。不像我一声不吭
还总是蒙着脸

我一声不吭地吃饭
喊小巫，小巫，把一些肉块丢给它

它摇着尾巴，快乐地叫着

他揪着我的头发，把我往墙上磕的时候
小巫不停地摇着尾巴
对于一个不怕疼的人，他无能为力

我们走到了外婆屋后
才想起，她已经死去多年

作为残疾患者的女诗人，余秀华的诗作引发的争论，并不是诗的内在因素所导致的。从这首《我养的狗，叫小巫》似乎可以窥视到她的诗性品格形成的一些原因。

这首诗把狗同“他”并列在一起，纳入她的对比参照中，可以见出“他”对她的伤害和她内心对“他”的厌恶和仇视。人不如狗也许是她想表现的主题，但是在更深的层次里，我们可能读出余秀华之所以写出那些颇受贬斥的诗的心理因素。

所谓的“穿过大半个中国去睡你”，未必就是真实的行为，而是一种极度受虐之后的心理宣泄。

客观地说，余秀华的确具有写诗的禀赋，但她的诗，如果放在一个正常的女性诗人身上，可能就不会引起如此大的风波。

就从此诗来看，她施于“小巫”的笔墨，充满着浓浓的爱心和温暖，而在涉及“他”的那些行为时，粗俗与顽劣之气跃然纸上。诗中唯一的施爱者是“外婆”，而那却是“已经死去多年”还留存在他们心里的人。

此诗虽然以极简单的场景对比形成生存境遇的两极，而生活的残酷与无奈，正是女诗人在残疾与穷困的双重逼迫下形成的心理障碍。所以，当她获得写作的自由权利时，很难避免会产生某种心理宣泄的偏激。当人们能够设身处地为她设想时，一些无端的指责似乎不应该为此甚嚣尘上吧！

后记

2010年，我编选了《中国现代诗歌名篇赏析》一书。当时因为约稿时间匆促，我不得不在旧文中选一些应付，故而所选的诗和赏析之文，均不甚理想。这次的《百年百篇新诗解读》，虽然仍然选了一些原先选过的诗，但那是不得不选的经典之作，不过所有解读文字均重新写过。我自认为，我的解读文字还算有特点。不拘泥于对原诗的咬文嚼字，没有那种陈腐的学究气，也不赶时髦地仿制一些洋文腔。我的解读文字大抵控制在600字左右，较为精简适读。当然，这只是我个人的努力而已，能否达到要求，只好由读者来判断了。

我虽然一直在写一些诗评诗论的文字，但对于所谓建构理论体系之类的文字却从不涉及。因为我自知学问根底浅薄，不必费力不讨好地自讨苦吃。我对具体的诗作评析之所以较感兴趣，是因为我以为，如果读诗而不能进入其情境乃至思维的深邃之处，其实等于没有读。我在一些场合中听到过有的人的所谓诗朗诵，那腔调永远是豪情奔放，永远是气宇轩昂，真实离原诗的感情表达相去万里。我们不必误认为诗就一定是鼓舞雄心壮志的工具，它其实表达的是复杂万端的社会心理和丰富细腻的人生感受。所以我的解读文字往往会离题式地发挥一下，目的在于激发一些自由的想象和天马行空式的思维。自然，这只是我的主观努力方向而已，我自知离此标准甚远。但是我虽不能至，心向往之的志愿是不变的。

说到我这次所选的一些诗，它们或许不是最优秀的，但一定是有特色的。因为在浩如烟海的诗作中，任何人也不可能全部地读完一切作品，更不可能选出所有优秀之作。所以我只能从自己读到的作品中选出一些自认为有特色的加以解读。同时，还不得不考虑到一些人在新诗发展过程中的作用，有些诗不一定很优秀，但不得不选。像胡适、郭沫若的诗就是这样入选的。在我认定最优秀的诗人中，我也最多只选两首。这就是不得不考量的平衡效应吧。我并不指望我选的这些诗都能进入经典，但其中必有一些诗会进入新诗的经典。一首诗能否进入经典，不是任何人能判定的，它需要交给历史老人来下结论。

近些年出版的新诗鉴赏的选本颇多，这肯定是一项系统性的工程，不是任何个人能完成的。我希望在众多的选本中逐渐积累起一份遗产，留给后人评选吧。

新诗一直是一个是非之地，不断地有人责难并制造出近似闹剧的事件。我不敢说这就是某些人的居心叵测，但至少可以说是出于对诗的无知和偏见。所以我希望所有的诗歌读者，还是从认真地读并逐步深度进入一首诗开始，使对诗的无知和偏见，向对它的宽容和理解的方向迈进。

这也是我选这些诗并加以解读的初衷，我希望在众多的这类选本的帮助下，让更多的人能真正地进入诗歌、理解诗歌。

写这些话作为后记，不知是否恰当？

叶　橹

2021 年 4 月 23 日于扬州